集英社オレンジ文庫

フロイトの想察

—新條アタルの動機解析—

猫田佐文

本書は書き下ろしです。

contents

フロイトの想察

新條アタルの動機解析

秘密を守り通せる人間はいない。口を堅く閉じれば今度は指先がしゃべり出す。全身の毛穴から裏切りがにじみ出るのだ。

ジークムント・フロイト

「無意識でやってしまったんです」

初老の男はそう言った。

男がいる場所は警察署の取調室で、男の罪は傷害だった。

この手の言い訳を何度も聞いている俺は内心やれやれと思いながら調書を作る。

つい。ふと。気付いたら。

もう何度この言葉が犯罪者達の口から出てきただろうか。誰かが数えていたならそれは千や二千ではきかないだろう。

そして往々《おうおう》にして司法はそういった言葉に優しくはなかった。場合によって減刑はありえるが、無罪になる可能性は低い。

それこそ腕利《うでき》きの弁護士を付けたのなら別だろうが、そんなことができる人間が場末の酒場で軽々《けいけい》と傷害事件など起こさないだろう。

つまり、この男が法によって裁かれるのはほぼ確実だ。

だが、それが分かっていても人は言ってしまう。

自分の意思ではなかったと。

まるで他人に言うのではなく、自分の中の知らない誰かに告げるように。

一話 chapter 1

昔から俺は人の感情ってのが苦手だった。

感情は不規則に揺れ動き、いつだって論理性を破壊してしまう。

何事も納得してから前に進みたい気質の俺としてはうんざりすることばかりだ。

幼稚園の時、俺は母親に鶴の恩返しを読んでもらった。鶴を助けたじいさんが恩返しされる。そのことにはしっくりきた。要はお礼だ。

だが姿を見られたくらいで飛び立ってしまう鶴には違和感を覚えた。命を助けてもらったのに、たったそれだけのことで機織《はたお》りをやめてしまう？　本当にありがたいと思っているなら見られてもいいはずだ。なのに鶴は正体がバレたからと言って去った。

それを母親に聞くと、「見るなと言うのに見たからいなくなっちゃったのよ」と答えた。

「どうして見ちゃいけないの？」と聞くと、母親は困っていた。

それがルールだったから。神聖なものだったから。恥ずかしかったから等々と考えてはいたが、結局答えは出なかった。母親は言った。

「でもなんとなくは分かるでしょ？」

俺は頷《うなず》いたが、心の中のもやもやは残ったままだった。

納得できないことはそれからも続いた。

小学生の時はいじめをダメだと教えていた教師がお気に入りの子のいじめを見過ごしていたし、中学の時は勝つためにやれと言っていた野球部の顧問《こもん》が負けたら最後という試合で実力不足の三年生を出して負けた。

高校の時は年上というだけで実力のない先輩があれこれと命令してきた。俺がそれを無視するとそいつは殴《なぐ》りかかってきて、部活は三ヶ月の活動休止になった。

俺は悟った。

不条理ってのはどこにでも転がっていて、大抵それは歪《ゆが》んだ感情が引き起こす。嫉妬《しっと》は人の足を引っ張り、恐怖は未来を壊し、怠惰《たいだ》は物事を止めてしまう。情は目的を曇らせる。そのことを知った俺はその不条理を取り締まる側に回ろうと思った。微力かもしれないが、そうすれば世界はもう少しまっとうになる気がしたんだ。

だけど夢を持って入った警察という組織はそれこそ不条理の温床で、俺は辟易《へきえき》としながらも日々を過ごした。

そして二十九歳になったある日、俺はついに我慢ができなくなった。

あの事件に関してはどう考えても道理に合わない。なにか決定的に欠けている点があるはずだ。

俺は散々悩み、納得したい一心で旧友の元を訪ねることを決めた。

正直、大学で客員教授をしているというあいつに会うのはあまり乗り気じゃない。

あいつは謂《い》わば心の専門家で、道理を重んじる俺とは対極にあるからだ。

そんなあいつに昔の伝手《つて》を辿《たど》って連絡を取ると、今の住所を教えてくれた。

後日、住所をカーナビに入力すると同じ市内の駅から少し離れた住宅街に案内された。

駅前は賑《にぎ》やかで都会的だが、少し離れると下町の風情《ふぜい》があり、そこを越えると割と新しめの住宅街が広がっている。

あいつの住まいは一目で分かった。周りが二階建てか、精々が二世帯住宅の三階建てに対し、あいつの家はなんと五階建てだった。そのせいで周りの家の二倍は背が高い。

「道理に合わねえ」

俺は呆《あき》れながらもあいつらしいなと思い、車から降りた。

表札には『新條《しんじょう》心理研究所』と書かれている。たしかに家というよりはなにかの施設と言われた方がしっくりくる外観だ。

白い直方体が五段重ねになっていて、上に行くにつれてサイズが小さくなっているから造りかけのピラミッドみたいにも見える。なんとも珍妙な家だった。

インターホンを鳴らすと聞き慣れない若い女の声で「どうぞ」とだけ言われた。普通家主が玄関までやって来て招き入れるものだが、あいつに普通は通用しない。

中に入ると比較的新しく、それでいてシンプルな造りになっていた。一階のリビングに行ってみると生活の跡が見えた。ソファーにテレビ、食べかけの昼食がテーブルに置きっぱなしになっている。他にも開けっぱなしの部屋があり、大きなベッドが一つあった。その近くには男物と女物の服が無造作《むぞうさ》に置かれている。

あいつが見当たらず廊下《ろうか》に引き返し、階段を上ると二階はスポーツジムで見るようなマシンが一通り置かれていた。そう言えば昔からスポーツは得意だったな。

声が聞こえた。三階からだった。俺への言葉じゃない。独り言でもない。誰かになにかを説明しているようだった。

少し緊張しながら三階に上がるとそこは学校の教室のようになっていた。だが生徒はいない。机と椅子《いす》もない。あるのは黒板とそこに書かれたものを撮《うつ》すカメラだ。

そしてそこに新條アタルはいた。

黒いスーツを着こなし、長い髪を後ろでまとめ、すらりと伸びた手足はモデル顔負けだ。

男の割には綺麗《きれい》で、女の割には格好いい。そんな表現が似合う中性的な容姿をしていた。さぞ生徒からはモテるだろうな。

新條はもう何度も話しているであろう内容をカメラ越しの生徒達に聞かせていた。

「十九世紀。かのフロイトは心理学史上最大とも言える発見をした。それが無意識だ。心理学というのはこの無意識の研究と言っても過言ではない。さて。君達も高校で学んだだろうが復習といこう。フロイトは人の中に三つの領域があると主張した。自我。超自我。そして無意識だ。自我はエゴとも呼び、私とも訳せる。つまり今考えている君達のことだ。そして超自我。これはスーパーエゴとも呼び、良心とも訳せる。つまり君達を机に縛り付けているものだ。これがなければ生徒達は授業中に教室を自由に闊歩《かっぽ》し、カップ麵を貪《むさぼ》り、私は大変な迷惑を被《こうむ》ることになる。存在に感謝しないとな。そして最後に」新條はパチンと指を鳴らした。「無意識だ。これはイドともエスとも呼ばれる。本能や欲望と言われることもある。この無意識に対する認識は心理学者によって異なるが、フロイトはこれが意識、つまり自我と分かれていて、かつ自我より大きいと仮定した。自我より大きいということは人の心の本体は無意識だと言ってもいいだろう」

新條は黒板にどこかで見た覚えのある氷山の絵を描いた。氷山は三つに分かれていて、自我の下に無意識があり、それらの横に超自我がくっついている。氷山は水に浸かっていて、自我と超自我が少しだけ水面に顔を出していた。

「我々の自我は巨大な無意識の上にあり、影響を受けている。例えばトラウマなどが代表的だろう。子供の頃に犬に噛《か》まれたとしよう。本人にその記憶はもうないが、無意識下では覚えている。結果、意識的に犬を嫌い、避けるようになる。だが良心、つまり超自我があるので殺しまではしないといった具合だ。ざっくりと言えば人の行動は無意識に決定づけられるとフロイトは主張した。ここが心理学の入り口となるわけだ」

俺が壁にもたれて腕を組んでいると、新條はこちらをちらりと見て指を鳴らした。

「三分前だが、まあいい。今日はここで終わりだ。続きはまた今度」

新條はそう言うと手元にあったスイッチでカメラの撮影を止めた。俺はゆっくりと歩き出し、黒板を見つめる。そこには心理学のあれこれが書かれていた。

「フロイト……。あれか。見た夢でその人の気持ちが分かるっていう」

「夢判断か。なるほど。一般的にはそういうイメージなんだな」

新條がスーツの上着を脱ぐと奥の部屋から若い女が出てきた。とても静かな女の子だ。まだ二十歳《はたち》にもなってないだろう。その子は新條から上着を受け取った。

「悪いがコーヒーを淹《い》れてくれ」

新條がそう言うと女の子はこくりと頷いて部屋を出て行った。

「いや。助手だ。この前拾ってね。私は助手子《じょしゅこ》と呼んでいる」

「……生徒か？」

「相変わらずテキトーだな」

「あまり人の外側に興味がないんでね」

新條について行くと小さな休憩室があった。テーブルと椅子が二つ。そして周りには本だったりプリントアウトした書類だったりと大量の資料が置かれている。

椅子に座ると新條は俺の顔を見て笑った。

「何年ぶりだろう？　道筋《みちすじ》。君と会うのは」

「高校以来だからな。十年は経《た》つ。いや、同窓会で会ったか？」

「行った覚えがないからそれはないだろうな。なるほど。なら卒業式以来か。まだなんとか二十代だろう。その割には老けて見えるぞ」

「仕事が大変なんでね。お前はずっと若いままだな。羨《うらや》ましいよ」

「中身は年相応さ。最近疲れが取れにくくなった。そのくせ学校に行けば生徒と見間違われる。それを羨む人もいるけど、私としては中身が若い方が何倍も羨ましいよ」

新條がニコリと笑うと助手子とかいう女の子が無言でコーヒーを持ってきてくれた。

近くで見ると人形みたいに綺麗な肌をしている。ぱっつんと揃《そろ》えた前髪の奥に眠そうな瞳があった。助手だと言うが、どう考えても大学生より若い。まだ高校生くらいだ。警察官としてはかなり気になる。

俺が見ていると助手子は持ってきたお盆で顔を隠し、静かに奥へと戻っていった。

俺の疑心も知らず、新條はコーヒーを一口飲んだ。

「それにしてもよく私に会う気になったね。てっきり嫌われてるもんだと思ってたよ」

「……まあ、葛藤はしたけど頼れる奴をお前以外に思いつかなかったんでね」

「光栄だ」新條は探るような視線を向けた。「で、なにが聞きたい？」

本題に入られ、俺は少し躊躇《ためら》った。

本来ならこういったことを外部の者に話すのは許されない。

だが俺にはやはり分からなかった。そして分からないということほど気持ち悪いことはない。答え合わせのできないクイズのようなものだ。

俺は昔から道理に合わないことが大嫌いだった。

「…………俺の担当していた事件のことだ」

「事件？」新條は疑問符を浮かべてから目を見開き、指を鳴らした。「分かったぞ。さてはあれだな。なにか想像も付かない事件が起き、警察は解決できないでいる。その事件はかなり特殊で、だから専門家である私に解いてもらおうというパターンだろう」

「……まあ、そうとも――」

「生憎《あいにく》だが私は探偵じゃない。物理学者でもない。心理学者ではあるが、犯罪心理学は専門外だ。よくいるんだよ。心理学を一括《ひとくく》りにする連中がね。心理学というのはいくつもの分野に分かれているんだ。知覚系、認知系、発達系、臨床系、犯罪系等々。そこから細分化され、正確な数字は私も知らないほどだ。そもそも私は犯人は誰か、どんなトリックを使ったかなんてことに興味がないんだよ。そんなことを知りたいのなら推理小説家にでも聞けばいい。もしその犯行が山奥の別荘で起きた密室殺人なら彼らは大喜びで解いてくれるだろう。要は複雑なパズルがあればいい人種なんだからな」

新條は俺の言葉を遮《さえぎ》りそこまで言うと、なにかに気付いた。

「いや待てよ。君は今、担当していた事件と言ったな？」

「……気付いたか」俺は嘆息《たんそく》した。

「それはつまり、もう事件は解決したということか？」

「その通りだ」

俺が頷《うなず》くと、新條は少し興味を示した。

「なるほど。調査中の事件ならわざわざ私に会いに来なくても精神科医や犯罪心理の専門家に尋ねればいい。つまりこれは個人的な話というわけだな？」

「ああ。聞いてくれるか？」

新條は少し悩むそぶりを見せた。そしてまたなにかに気付いた。

「君はさっきそうともと言った。つまり専門家である私に解いてもらいたいことがあるということだ。だが事件は既に解決している。おかしいな。解決したのなら犯人は捕まったはずだ。そいつに聞けばいいじゃないか？　死んだのか？」

「いや、生きてる」

「なら話せない状況にあるのか？」

「いや、話せる」

「生きてるし話せはするが黙秘しているということか？」

「それもちがう」

俺が否定すると、新條は先ほどまでと違い興味深そうに足を組んだ。

「ままならんな。よろしい。気に入った。話を聞こう」

ようやく聞いてくれるか。俺はやれやれと思いながらあの事件について話し始めた。

○

その事件は餅猫町《もちねこ》で起こった。

住宅街にある周囲より一際大きな家が事件現場だ。

家の主、砂川晋作《さがわしんさく》は大学卒業後に就職。三十歳で独立して広告代理店を経営していた。

晋作には四つ下で秘書兼経理をさせている妻の若菜《わかな》と二人の子供がいた。

娘の立夏《りっか》は十八歳。近くの女子高に通っていて、成績は良く、将来有望だった。

息子の悟《さとる》は十四歳。出来が良くて友達の多い立夏とは正反対な性格で、物静かな少年だ。

事件はコロナ禍《か》の二〇二一年の二月六日土曜の深夜に起きた。

二度目の緊急事態宣言が発令中、息子の悟が家の中で両親を殺害。間一髪《かんいっぱつ》姉の立夏は家から逃げ延び、悟は逮捕された。

晋作は一階の自室で、妻の若菜はリビングで、それぞれ胸をナイフで刺されて死亡。

物音に気づき、一階に下りて来た立夏は咄嗟《とっさ》に両親の部屋へと逃げ込み、そこにあった電話で父方の祖父、総一郎《そういちろう》を呼んだ。

同じ町内に住んでいる総一郎は走って家に駆けつけ、窓から逃げた立夏と共に砂川家の車で脱出し、混乱しながらも隣町である銀鮭町《ぎんしゃけ》の警察署に駆け込んだ。

警察はすぐに現場に駆けつけ、母親の死体の近くで呆然《ぼうぜん》としながらナイフを持って立ちすくむ悟を取り押さえた。

捕まった悟は取り調べに「なにも覚えてません。二人を殺さないといけない。そう思って、気づいたら二人とも死んでいました」とだけ答えた。

それ以上はいくら追及しても「覚えてない」を繰り返している。

だが本人が「やっていない」とは言ってないこと。姉や祖父の証言、そして状況証拠により悟が犯人であることは間違いないことから悟は殺人罪で起訴された。

弁護士は一時的な心神喪失《しんしんそうしつ》で争い、一部が認められた。その裁判の結果、今は少年院に送致されている。裁判中も悟は終始「覚えてない」と言い続けた。

精神科医はそれを大きなショックによる記憶障害だと認定した。

未成年による殺人事件は大きく報道され、連日マスコミが騒ぎ、特集が組まれた。

これが砂川夫婦殺人事件の大まかな経緯である。

●

「その事件なら知ってるよ」

話を聞いた新條は助手子の淹れたコーヒーを飲んで言った。

「心理学者の間でも話題になった。まだ中学二年生の少年が両親を殺害するまでに至る心理とは如何《いか》なるものだったか。だが正確な情報があまりなくて推理のしようがなかった。とんでもない不良だったとか、虐待を受けていたとか、現実的な線でいくと過剰な教育による反発だったという説がまだ納得できたな」

新條は「だが」と言って指を鳴らした。

「百歩譲《ゆず》って無意識的な殺人だとしても、少年が大人二人も殺すことができるのか？」

「……可能かどうかで言えば可能だ。接近戦では刃物を持った素人《しろうと》が最も恐ろしいってのは格闘術を齧《かじ》ったことがあるなら誰もが知っていることだからな。現に父親の晋作も空手の有段者だった。高校大学と主将まで務めた男だ。だが普通の人間なら刃物を向けられた時点で正常な判断ができなくなるほどの恐怖に駆られる」

「恐れで体が硬直した状態なら中学生でも大人二人くらいなら十分殺せるというわけか。だがそうだとしても逃げられるだろう？」

「父親の晋作も、母親の若菜も自身とドアの間に悟がいる状況で刺殺されている。逃げ場はなかった。晋作については心臓を一突きされ、ほぼ即死。妻の若菜には抵抗の跡があったが、こちらもやはり心臓を刺されて死んでいる」

「抵抗というのは？」

「痕跡から言うと息子の両肩を摑《つか》んだらしい。説得を試みたんだろうな。だがその結果、ガラ空きになった胸を突かれることになった」

「……なるほど。自分の息子だからこそ起きた不幸だな。これが見ず知らずの強盗なら説得なんて選択肢が挙がる前に必死で逃げただろう」

口ではそう言うが、新條は被害者を思いやっているようには聞こえない。きっとこいつの頭の中は被害者と犯人の心に夢中なんだろう。

新條は顎《あご》に手を当て、考えるそぶりを見せる。それだけで金が取れそうなほど絵になっている。

「無意識による殺人か………」

そう呟《つぶや》くと新條は先ほど授業で使っていた黒板を見つめた。

「フロイトは精神医学の先駆けと言っていい存在だが、彼の説はたびたび否定されている。だがそれは仕方がない。あのアインシュタインだって多くの間違いをしたように、大事なのは疑問を投げかけ、それを精査することなのだから」

俺はなんの話なのかよく分からないまま聞いていた。

「それを考慮《こうりよ》した上でフロイトの説に回帰して今回の事件を遡《さかのぼ》れば、少年の無意識は普段から両親を殺したがっていて、それを超自我という名の倫理《りんり》が食い止めていた。だがなんらかのショックで自我や超自我が一時的に消え去り、その結果眠っていた無意識だけが目覚めたということになる」

俺は頷《うなず》いた。

「ああ。結局それが一番妥当《だとう》だと判断されたよ。だがそれだと道理が合わねえ」

「その通りだ」

新條は俺に向けて指を鳴らし、そのまま指さした。

「少年は覚えてないと言った。だがやってないとは言ってない。これは矛盾《むじゅん》する。本当に自分が殺したか覚えてないのならやってないかどうかも覚えてないはずだ。裁判で刑を軽くする気があるなら『やったかどうか分からない』と答えるはず。なんせ覚えてないんだからな。どれだけ証拠を突きつけられても身に覚えがないならそう言い張るのが普通だ。でないと記憶もないのに殺人鬼とされてしまう」

俺が頷くと新條は続けた。

「つまり、少年は嘘をついている」

二話　chapter 2

三年前から県警の捜査一課に所属している俺が強盗事件の提出書類に忙殺され、ようやく家に帰れると思った土曜の深夜。初老の男が警察署に飛び込んできた。

それが砂川《さがわ》家の祖父である総一郎《そういちろう》だった。入ってきた瞬間すぐに分かった。なにかとんでもない事件が起きたと。総一郎は顔面蒼白で受付に叫んだ。

「息子夫婦が死んでしまったッ！」

殺人事件が起きると署内はてんやわんやになる。手の空いている刑事は死んだ動物を襲うピラニアの群れみたいに現場へと急行した。

俺は眠かったが先輩刑事に言われて渋々パトカーに乗った。

現場に到着した時には既に息子の悟《さとる》は確保されていた。未成年ということもあり、俺は彼がパトカーに乗せられる時の壁をやった。

パトカーに乗る時、少年は俯《うつむ》きながら誰とも目線を合わさず左手で右手を触っていた。

取り調べをしたのは先輩刑事で、俺はたまに観察するくらいだったが、ずっと違和感を覚えていた。

言語化するのは難しいが、息子が両親を殺した凄惨《せいさん》な事件にしては静かすぎた。怖れるわけでもなく、動揺《どうよう》するでもなく、怒るわけでもない。ただただ静かに事件の処理が終わっていく。だがその奥に言い表せないなにかを感じて怖くなった。

ゾッとすると言うよりはなにかに圧倒されるような感じだ。そのことを先輩や同僚に言ってみたけど、鼻で笑われた。

陰湿な少年がなにかをきっかけに感情を爆発させ、両親を殺害した。

ただそれだけの事件だ。誰もがそう思い、実際そのまま処理された。

だけどそうじゃないと俺の勘が言っていた。最初の取り調べを受けた時だ。ほとんど「覚えてない」としか言わなかった少年がトイレに行きたいと言い出した。

俺は付き添い、見張っていた。少年は用を済ますと手を洗い、そして鏡を見た。

その時だ。なにかを思い出したかのような表情になったかと思えば、いきなり顔をバシャバシャと洗い出した。

驚いた俺が止めようとすると、少年は顔を洗うのをやめ、濡れたまま鏡を見るとどこか悲しそうな顔をして言った。

「すいません。タオルはありますか？」

その時の声や表情は至って静かだったが、俺は違和感を覚えた。

そしてその違和感の正体は家に帰ってから分かった。あれから少年は机に両手を乗せて聴取を受けていた。それまではずっと右手の甲を気にしていたのに。

確保した時、怪我《けが》でもしたのかと思って同僚が見たそうだが、特段変わったところはなかった。ただ興奮しているように見えたと言っていた。

だが俺の印象は真逆で、終始落ち着いているように見えた。同じ人間に対する印象がこうも違う。そのことが俺の中で疑惑を大きくした。

そしてそれが決定的になったのが新條《しんじょう》も気づいたあの矛盾だ。

覚えてない。だがやっている。

俺は記憶がなくなるまで酔っ払って色々とやらかした大人達を散々見てきた。

奴らのほとんどはこう言う。覚えてない。だからやったかどうか分からない。

チンピラも、会社員も、経営者も、政治家さえもそう言った。もちろん潔《いさぎよ》く認めた奴らもいるが、そのほとんどが状況を鑑《かんが》みてそうなのだろうと判断したからだ。

あの子は自分がやったと確信している。一方で記憶がないというのも嘘に聞こえない。

だがこの矛盾にどれだけ俺が納得していなくても捜査は描きかけの絵のように終わる。

道理に合わない。人生では何度もこう感じてきたが、今回は飛び抜けている。

学校でも社会に出ても納得ができないまま従わないといけないことはたくさんあった。教師という存在。先輩後輩という縦社会。または社会的な見えないルール。倫理より利益が優先されるなんて日常茶飯事《さはんじ》だ。

それらを理解することはできる。だけど不合理を見つけるたびに俺は内心苛立《いらだ》った。

こういう問題に直面した時、俺はいつも高校で新條に言われた言葉を思い出した。


高校生の俺が年齢が上だから命令を聞かないといけない意味が分からないと先輩を無視して喧嘩《けんか》になったあと、一部始終を見ていた同級生の新條が言った。

「トーテムとタブーという論文がある。著者はご存じジークムント・フロイトだ」

唇が切れて血を流していた俺にブレザーを着た新條は面白そうにハンカチを渡した。

「トーテム？　何の話だ？」

俺がハンカチを受け取ると新條はニコリと笑って俺の隣にやってきた。

「君の話さ。この国は様々な価値観によって形成されている。民族的な価値観。儒教的《じゅきょう》な価値観。社会的な価値観。民主主義的な価値観。色々だ。そしてそれらは文化に繋《つな》がっている。文化は風習を作り、人々はそれを守り続けた。言わばコミュニティの絆《きずな》だな。ルールというのはそれを守ることによって仲間を作り出す。そして人々は互いの利益のために仲間とそれらを守る。その結果、色鮮やかな風習ができるのさ」

「……話が見えねえよ」

「つまりだ」新條は指を鳴らした。「私達の生活には今は亡き様々な風習が起源となっている事柄が存在する。そしてそれらは過去の社会においてはそのコミュニティを維持するために重要なものだったんだ。しかし時代は進み、生活様式と共に価値観も変化する。すると過去の風習が現在に通用しなくなるのさ。だが人々は過去の価値観を理解はしている。過去の風習がトーテム。そしてタブーはトーテムを成り立たせるための神聖さや禁止事項のことだ。トーテムが既にないのにタブーはそのまま受け継がれる。だから君はそのことに合理性を感じないんじゃないのか？」

俺はハッとした。自分の抱えていた気持ちが言語化されたような爽快感《そうかい》を覚えた。

新條は続けた。

「直感は正しいという人はいる。それは一瞬にして経験が導き出した答えだからだ。だがそれは正確ではない。なぜなら人の記憶は容易に改変可能だし、なにより人は間違う生き物だからだ。合理的に考えればおかしいことでも、人は合っていそうならそちらを選ぶ。それは数多《あまた》の心理実験から明らかだ」

俺にとっては気にくわない事実だが、新條は嬉しそうに笑った。

「人はね。ままならんのさ。人の心はいつだって迷宮で、他人はおろか本人ですらそれを完全に理解することはできない。人は想像より不完全で不合理な存在なんだよ」

「最悪だな」

「最高じゃないか」

俺がげんなりしているのとは逆に、新條は喜んでいた。

「不完全さこそ美しさだ。分からないからこそ分かりたい。私が人の心に惹《ひ》かれるのはそこだ。そして、だからこそ君の心を知りたいと思うわけさ」

新條は美しく笑った。だが俺はこいつの言うことに同感はできなかった。

しかしそれと感情の問題はまた別で、結果あんなことになってしまうんだが。

それはともかく俺はあいつから一つ学んだことがある。論文だとかフロイトだとかはよく分からないが、これだけははっきりした。

こうあるべきだからこうだろう。

世の中にはそんなことで溢《あふ》れていて、それは時に論理を狂わすのだと。

だからこそ今俺はわざわざ新條を訪ね、事件の真相を摑《つか》むためのヒントを探りに来た。

警察という組織は事件が解決すればそこで動きを止める。たとえ犯人が罪を犯してなくても、証拠が間違っていても、供述が嘘でも終わりは終わりだ。

あとは検察のテリトリーになり、俺達にはまた別の捜査が待っている。

被告人が上訴しなければ尚のことだ。その事件がどんなに納得できなくても加害者が裁かれれば警察も検察も裁判所も仕事を終える。

俺達が納得する必要はないし、法が守られ、執行されればいい。

俺はそのための駒《こま》にすぎない。だがそれは警察官である俺がだ。俺が個人的に納得できないことを休暇中に調べるのはまた別の話だった。

俺が今回の事件で感じた違和感を話すと新條は微笑した。

「たしかに気になるな。その少年がどんな心理状態で嘘をついたのか」

「そんなことはどうでもいい。嘘をつくに至った論理を俺は知りたいんだよ」

新條は胸に手を当てた。一方の俺は頭を指さした。

「心だよ。人の内面にある未知なるものが人を動かす」

「道理だ。利益的な論理にこそ人は動かされる」

「変わらないな」

「お互い様だろ」

俺が肩をすくめると新條は苦笑した。

「だが警察官である君が事件の情報を話してもいいのか？　守秘義務があるだろ？」

尤《もっと》もな疑問に俺は視線をそらした。

「いざという時は専門家に捜査協力をしてもらったと言えばなんとかなるよ」

「感情的なのはどっちの方だ……。まあいい。私はそういった表向きのものには興味がない。だが面倒事は別だ。それに巻き込まれると大抵自分の時間を失うことになるからな」

「心配しなくていい。お前や助手が話さない限りバレることはねえよ」

「そんなことを言われると話したくなるな。禁止されるとやりたくなることをカリギュラ効果と呼ぶんだが、もしかして知っていて使っているのか？」

新條は不満そうに自分の体を抱いた。

「だとしたら俺はとんでもない阿呆《あほう》だな」

「全くだ。話す気なんてないのにすごく話したくなったじゃないか。ああ。誰かに話さないとこの気持ちは収まらないぞ！　助手子《じょしゅこ》！　ソーンとダイクは？」

助手子はすぐにやってきて「二人とも寝てるわ」と答えた。

「おい。まだ他に誰かいるのか？」と俺が聞くと、新條は「ねこだよ」と肩をすくめた。

こいつはねこに話そうとしたのか……。

俺が呆《あき》れていると新條は助手子を抱きしめた。

「ああ。助手子。私の可愛《かわい》い助手子。道筋《みちすじ》がひどいんだ。聞いてくれるかい？」

泣きつく新條を助手子は「泣かないで。プロフェッサー」と頭を撫《な》でる。これじゃあどっちが子供か分からない。

新條は昔から変わっている。堂々としているかと思えば女々しくなったり、その逆もある。とらえどころがない。そして困ったことに不安定さが安定しているんだ。俺はそんな道理に合わないこいつが苦手だった。

いい大人が女の子に話しているのを見て呆れていると助手子は新條の陰に隠れた。どうやら警戒されているらしい。

それにしてもこの子はなんなんだ？　静かだが幼さを感じる。とても成人していると思えない。もし誘拐《ゆうかい》だったらこの阿呆に署まで来てもらわないとな。

新條が助手子に話し終えるとカリギュラ効果なるものは解けたらしく、ふーっと息を吐いた。助手子は解放されると奥の部屋へと戻っていった。

「話すということはストレスの解消にいいんだよ。フロイトも対話を重要視していた」

ホッとする新條に俺は嘆息《たんそく》して話題を戻した。

「で、どう思う？」

「どう思うもなにも情報が少なすぎるな。まずはどんな少年だったかを知りたい。物静かと言ったって色々あるだろう。話すのが苦手だったり、変な趣味を持っていたり」

「両方だったそうだ」俺は手帳を取り出した。「学校では友達がほとんどおらず、かといって勉強ができたわけでもなく、家ではゲームばかりしていたらしい。実際部屋にはゲーム機やソフトが置いてあった。両親は仕事が忙しいから買い与えていたんだろう」

「どんなゲームを好んでいたんだ？」

「……そのことなんだが、お前はゲームがプレイヤーになにか影響を与えると思ってるか？」

「大小はあるが、影響は受けるだろう。人はそういうものだ。常に見聞きしたものに影響を受ける。なるほど。暴力的だったり人を殺すゲームをやってたんだな」

「……ああ。だけどゲームの影響で攻撃的になるかどうかってのはまだ証明されてないだろ？　俺だってゲームはやるし、仮想の世界ではモンスターだったり人を殺したりしてる。だけど現実で人を殺そうとは思わないぞ？」

「それはそうだが人はそれぞれ違う生き物だ。影響を受けやすい人もいれば受けにくい人もいる。統計を取れば平均値は分かるが、同時に異常も薄まるんだ。それにゲーム自体まだ若いコンテンツだから本当の影響が分かるのはこれからだろう。添加物みたいなものさ」

新條はねこをテーブルに乗せると撫でながらコーヒーを一口飲んで言った。

「君はアルバート・バンデューラというカナダ人の心理学者を知っているか？」

「知るわけないだろ。俺がカナダで知ってることはブルージェイズがあるってことだけだ」

「バンデューラはある有名な実験をしている。それがボボ人形実験だ」

「ボボ人形？」

「子供達が好きな風船の人形さ。バンデューラは子供達を二つのグループに分けた。片方には大人がボボ人形に攻撃している映像を見せ、もう片方には普通に遊んでいる映像を見せる。すると攻撃的な映像を見せた子供は同じように攻撃的になったのさ」

話を聞いて俺は少しだけ怖くなった。

「それはつまり、暴力的な映像には影響力があるってことか？」

「その通りだ。だがバンデューラの実験は現実の映像だったし、実験に参加したのも小さな子供達だった。つまりこの実験だけでは青少年にゲームの影響があるかどうかまでは断言できない。できないが、影響がないと断言するのは些《いささ》か早計だと私は思うね。特にゲーム産業には巨大なビジネスが絡んでいる。NFLが隠そうとしたCTE（慢性外傷性脳症）の件みたいに、金は時に真実をもねじ曲げるのさ」

「……で？」

「曖昧《あいまい》な言い方になるが、影響がある者はあるし、ない者はない」

「つまりは砂川悟がどちらかを調べない限り分からないってことか……。でもそれはもう不可能だ」

「だろうな」

落胆《らくたん》する俺とは対照的に新條はのんきなもんだ。

「どちらにせよゲームの影響だけで実の両親を殺害するなんてことはないさ。ただし、人は慣れる。ゲームや映画で人の死体を何度も見ればそれが現実になった時、多少の免疫《めんえき》はできているだろうがな」

「それが今回の事件に影響したと?」

「さあね」

新條は肩をすくめてからまたコーヒーを上品に飲んだ。

「さっきも言ったが、今のままだと情報が少ない。本当に協力してほしいならできる限り話してくれ」

俺はそれもそうだなと思いつつ、再び手帳に視線を落とした。

「なにが聞きたい?」

「そうだな。砂川家の人間がどういう人間だったのかが分かる具体的な話。できるだけ性格が分かるものがいい。それと当日周辺の砂川家の動きもだ」

俺は手帳をめくり、少し懐かしさを感じながら新條が欲しそうな情報を探した。

「まずは父親の砂川晋作《しんさく》だが、社会的に信頼できる男だった。どこでもリーダーをやるタイプで、学生時代は空手部で主将、会社員時代はチームリーダーを任されていたそうだ。三十歳の時に独立し、今の広告代理店を立ち上げた。ここでも社員に慕《した》われ、経営も順調だったらしい。とにかく頼りになる男だったってイヤになるほど聞き込みで聞かされたな。責任感が強くて昔気質《むかしかたぎ》なところが経営者としては合っていたんだろう」

「だけどそれは社会での評価だろう？　そういう男が家では暴力的だったりするものだ。それに耐えかねて息子が反抗したのかもしれない」

「もちろんそれは考えた。だけど妻の若菜《わかな》や娘の立夏《りっか》、そして息子の悟にも暴力が振るわれた形跡はないし、いわゆる高圧的な態度を取ってるところを誰かが見たこともないらしい。砂川晋作はよく会社の催《もよお》しで家族を連れてきたり、家に社員を招いて食事を振る舞ったりしていたが、そんな雰囲気《ふんいき》は微塵《みじん》もなかったそうだ。それどころか子供達に期待する良い父親だったってみんな口を揃《そろ》えて言っている」

「で？　当の本人達にとってはどんな父親だったんだ？」

新條はつまらなそうに足を組み直した。

「まずは姉の立夏だが、やはりこちらも立派な父親だったと言っている。少し厳しいところはあったが、それでも信頼できたと。仕事にも一生懸命で、その姿を見て将来は大手の広告代理店で働きたいと思っていたそうだ」

「娘の将来にも影響を与えるならよっぽど良い父親だったんだろうな。少年の方は？」

俺はページをめくった。

「ここが問題なんだ。やはり砂川悟は父親のことを少し苦手にしていたらしい」

「少し苦手？　殺したわりに控えめな表現だな。どんなところが苦手だったんだ？」

「頑張りすぎているところだそうだ」

「なるほど。自分が頑張れないとそう思うのも仕方ない。存在するだけで焦ってしまうんだろうな。今の時代そういう人が多いんだろう。劣等感に苛《さいな》まれるのはイヤだからみんなアドラーを好む。その他には言ってなかったか？」

「それが砂川悟は証言自体が極端に少ないんだ。父親に対する言葉もそれくらいだよ」

「嘘だろう？　普通は自分を正当化するために相手が悪かったと言うはずだ。彼はまだ十四歳なんだろう？」

「ああ。事件の少し前に誕生日を迎えたばかりだけど」

「どっちにしても子供だ。大人でも言い訳をする。殺人なら尚のことだ。自分のしたことは正しいと思うことを合理化と言うんだが、それが全く見られないのか？」

「ああ」

「……なるほど。できた少年だな。いやできすぎている」

新條は顎《あご》に手を当てて考え始めた。

「そりゃあおかしいのは確かだろう。殺人犯なんだから」

「それはそうだが……」新條は少し考えてから肩をすくめた。「まあいい。父親のことは分かった。次は母親だな」

俺はまた手帳をめくった。すると助手子がコーヒーのおかわりを淹《い》れてくれた。

俺が「ありがとう」と言うと、助手子は「どういたしまして」と静かに言って新條のカップにも注いだ。

俺はコーヒーを啜《すす》ってから助手子を一瞥《いちべつ》し、続きを話した。

「母親の若菜にかんしてなんだが、こっちは少し変わっていたそうだ」

「ほう」と新條は興味を示して目を細める。「どう変わっていた？」

「まずは経歴だが、箱入り娘といった印象が強いな。中学から大学まで女子校で、就職した広告代理店で夫の晋作と出会ったそうだ。新入社員と教育係という分かりやすい関係だな。周囲の話によると若菜はかなり晋作に惚《ほ》れ込んでいたそうで、心酔と言ってもいいくらい夢中だったらしい。晋作が独立すると一緒に会社を辞め、そのまま結婚。夫の秘書兼経理として働きながら娘の立夏と息子の悟を育てた」

「ずっと女ばかりに囲まれて育ち、頼りがいのある男に出会えばメロメロになるのも仕方がないか。あ、いやちょっと待て」

「なんだ?」

「メロメロって表現は些か古かったな。訂正《ていせい》しよう。今風で言うと……尊《とうと》い?」

俺の体からがくっと力が抜けた。

「それは学生からの知識か?」

「ああ。どうやら私は尊いらしくてね」

新條は後ろでまとめた髪をさらりと払った。

自慢かよ。まあ外面はいいからな。外面は。俺は嘆息《たんそく》して続けた。

「まあそんなこんなで若菜は母親になっても晋作を尊敬し続けていたそうだ。それは周囲も若菜の両親も証言している。元々信じ込みやすい性格らしい。だけど変な宗教やビジネスじゃなくてよかったと言ってたんだが……」

「結果的に最愛の人との間にできた息子に殺されてしまったのか。皮肉だな。母親としてはどうだったんだ?」

「それが優しかったのは優しかったそうだが、同時に厳しくもあったらしい」

「いわゆる教育ママだったたってことか？」

「それも多少はあるが、それより事ある毎《ごと》に父親と比べていたらしい」

「父親のような立派な大人になれと？」

「そんな感じだ。特に息子の悟にはその傾向が強かったらしい。『あなたはお父さんの子供なんだからもっとできるはず』が口癖だったそうだ。これは娘からも証言が取れてる」

「母親としては応援しているつもりでも息子としては窮屈《きゅうくつ》だっただろうな」

「ああ。正直俺でもしんどいよ。なんせ父親は誰もが頼るリーダーで会社の社長なんだからな。学生時代の成績もよかったらしい。そっちは娘の立夏に受け継がれてるみたいだな」

「なるほど。それは動機に繋《つな》がるかもしれないな。いわゆるエディプスコンプレックスだ」

「それもフロイトか？」

また知らない単語が出てきて辟易《へきえき》としていると、新條は「ご名答」と指を鳴らした。

そしていつの間にやってきた助手子から紙とペンを受け取り、書きながら説明し始めた。

「エディプスとはギリシャ神話に出てくる王の息子だ」

新條は漫画みたいなねこを三匹描いて、それぞれに父、母、息子と書いた。そして息子の横にえでぃぷすとひらがなで書き足す。

「エディプスは知らず知らずのうちに、つまり無意識的に父親を殺し、そして無意識的に母親と結婚した」

「は？　母親と？　マザコンってことか？」

「無意識だって言っただろう？　エディプスは幼い頃に捨てられたから父親も母親も知らない。だが知らないまま出会った父親を殺し、母親と結ばれたんだ」

とんでもない話がいきなり飛んできて俺は混乱した。

「……それで？」

「この話を知っていたフロイトは患者と照らし合わせてこう考えた。人は幼児の時、異性の親を愛し、同性の親を憎むとね。つまりたとえ実の両親であろうが敵意を持つし、性的な愛情を持つということさ」

「いや、それはない」俺はきっぱりと言った。「ねえよ。気持ち悪いこと言うな」

「私が言ったんじゃないんだがな」

「そりゃあ若い頃に限れば親父は鬱陶《うっとう》しいし、お袋は優しかったと思ってる。思ってるけどそれとこれとは別だ」

「思っているとかは関係ない。これは無意識の話なんだから。だがこの理論には批判も多くてね。有名どころではユングもこれを否定している。アドラーの解釈も違うしな」

「当たり前だろ。そんなこと」

「だが間違っているともされてない。そして今回の件はエディプスコンプレックスを抱きやすい環境だと言えるんだ」

「それって母親の若菜が息子に父親のようになれと言っていたからか？」

「そうだ。母親の願いを叶《かな》えたい。母親の愛情を独《ひと》り占めしたいがために父親を超えたい。だが砂川晋作は偉大で、彼を超えることはかなり難しい」

「だから殺したと？」俺は納得しかけてからかぶりを振った。「……いや待て。じゃあなんで母親も殺したんだ？」

「その場合はおそらく、手に入らなかったからだろう。せっかく父親を殺して超えたのに、目的である母親に拒否された。自分の愛を受け入れてくれないのならその瞬間母親は敵になる。ストーカーと同じ心理状態だな。本心と逆のことをする反動形成であったり、好きだったものが嫌いになる逆転であったり。フロイトの娘、アンナもまた心理学者でね。彼女の学説だ。人は自分の心を守るためにはいくらでも障害への解釈を歪《ゆが》めるのさ」

新條の説明は腑《ふ》に落ちなかったが、道理には合っている気がした。それがまた気持ち悪く、俺は背もたれにもたれた。

「父親へのコンプレックスと、母親への愛情の暴走ってことか…………」

「あくまでも可能性だがね」新條はペンをくるりと回した。「まだ話の続きだ。姉と少年。そして祖父の調査結果を聞いてない」

先を急《せ》かされ、俺はもやもやを抱えたまま次のページをめくった。

俺が初めて砂川立夏に会ったのは事件の翌日だった。

先輩が取り調べをして俺が調書を書く。

ぱっと見の印象は気の強そうな女の子だ。背筋がピンと伸びて、振る舞いから育ちの良さを感じられた。写真通り目力のある子だったが、その奥に見える自信は思っていたよりも萎《しぼ》んでいた。

成績は優秀。偏差値《へんさち》は六十五以上あり、中学からやっている陸上でも全国に出ている。

おまけに家は住宅街でも屈指の大きさを誇る金持ち。

そんな環境で育ったエリートだ。しかも若いならもっと自惚《うぬぼ》れていると思っていた。

だけど砂川立夏からは自信の喪失《そうしつ》が感じられた。

俺がそのことを新條に話すと、「両親を失ったんだから当然だろう。君の言った通りまだ若いんだから。親の援助は必要だ」と返ってきた。

「まあ、そうなんだが……。それだけじゃない気がするんだよな」

「具体的には？」

「……その、なんだ、あれに近い。スポーツの大会で圧倒的に負けた時みたいな」

「砂川姉は受験生だったんだろう？　直前のテストで良い成績が残せなかったんじゃないのか？」

「いや、それはない。彼女は有名大学に合格して、来年にはアメリカに留学するそうだ」

「順調そのものだな。なら模試の結果で同級生にでも負けたんだろう。どちらにせよ両親を失った女の子という点を鑑《かんが》みれば相当タフな精神力を持っている」

「そうなんだ。だからこそあの時の違和感が気になった」

「君の勘違いの可能性は？」

「……残念ながら大いにあるな。お前の言う通り両親を、それも弟に殺された直後だ。普通の精神状態である方がおかしい」

「その通りだ。で、唯一の証言者とも言える砂川姉はなんて言っていたんだ？」

「予想もしてなかったそうだ」

「それはそうだろうな。こんなことを予想できる人間はよっぽどの天才か、気味の悪い妄想が趣味でないと不可能だ。弟については？」

「あんなことをやれるなんて思ってもいなかったと」

「それだけ普段は大人しいのか？」

「ああ。姉である立夏とは仲が良くてそれなりに話していたそうだが、攻撃的な面はほとんど見たことがないそうだ。むしろ優しかったと言っている」

「なるほど」

新條はまた顎《あご》に手を当ててなにかを考え出した。俺はそれを横目に手帳を見て続ける。

「砂川立夏から見た砂川悟は友達も少なく、口数も少ない。だが根は優しくて良い子だと思っていた、そうだ。だから今でもあんなことをしたのが信じられないと言っていた」

「思っていた、ね」新條は苦笑して肩をすくめた。「どうやら随分《ずいぶん》下に見ていたらしいな」

「仕方ないだろう。一方は両親の期待に応えたエリートで、もう一方はこれといって特徴もない男の子だ」

「なんの特技もなかったのか？」

「そうだな。姉と比べればだが。勉強も得意科目と苦手科目の差が激しいし、運動はからっきしだったそうだ。それでも家では大人しいが気が利《き》く弟だったと証言している」

「少年と両親、または姉との間にトラブルは？」

「……それが」

「あったのか？　誰と？」

俺は少し躊躇《ためら》ってから告げた。

「父親とだ。事件の少し前に怒られているのを見たらしい。なんでも勝手に部屋に入ったとかで」

「それだけで？」

「父親の部屋は仕事部屋も兼ねてるからな。今のご時世テレワークだとかで大事な資料もあるし、砂川晋作はセキュリティを気にしていたと言っていた」

「中学生相手にセキュリティもなにもないだろう。よっぽどきっちりしていた男なんだな」

「それだけ責任感が強かったんだろう。警察の認識とすればその時の恨みが今回の事件を引き起こした要因だとなっている」

「つまり怒られたことに腹を立てたことで少年にストレスがかかり、無意識的に殺してしまったと？」

新條が眉《まゆ》をひそめるので俺はばつが悪い思いで頷《うなず》いた。

「一応、それが合理的な考え方だ」

「なら母親の件はどうする？　なぜ殺した？」

「……母親は一緒にいたところを巻き込まれたんだろうって上は考えてる」

「そして無意識の内に殺されたと。なるほど。警察の考えそうなことだ。普段からシンプルで感情的な事件にばかり晒《さら》されているとそう判断するようになるんだな」

「俺だって納得できない。だけどそう考えることは可能で、お前が言った通り真実は大抵シンプルなんだ」

「少年が嘘をついていなければな。まあ犯人は捕まっているし、犯行も認めているなら動機なんてなんでもいいというのは分かるが。相容《あいい》れないな」

「聞いてやるがどこがだ?」

「愛がない」

そう言って新條は両手を広げた。

「人の心に対する愛が。人間の心を分かりやすい計算式かなにかで解けると思っているのならそれは間違いだ。我々はプログラムされたソフトウェアじゃない。いつだって合理的な判断を選べるのなら人はこれほど多くの間違いを犯さないだろう。個人的な合理性と社会的な合理性の間には常に大きな溝《みぞ》があるのさ。それを理解しない限り真実には辿《たど》り着けないだろうな」

「お前は真実が分かったのか?」

「いや」新條はテーブルに肘をついて小さくかぶりを振った。「だが情報と現実の間にいくつかの差異があることは分かってきた。まあそれは当たり前だがね。人が見聞きしたものを語るという行為自体が正確性からは程遠い。そもそも感じたことを言語に落とし込んでいく作業そのものが不完全なのだから。意識すればするほど言葉にはノイズが交じっていく。逆に言えば無意識的に選んだ言葉はその分純粋だと言えるが、どちらにせよ難しいのさ。心の言語化はね。その上記憶は刻一刻と劣化し、時には改変されるのだから」

「要は分かってないんだな」

俺はげんなりとしながら嘆息《たんそく》した。

「だが近づいてはいるさ」新條はのんきに笑う。「それが一番重要なことだ。人はいつだって求めた場所に最短距離で行こうとするが、現実はそう簡単じゃない。動いているのは自分だけじゃないんだからな。イレギュラーはある。大事なのはやめないことだ。歩みを止めてしまえばどれほどの能力を持っていても目的地には辿り着けない」

「……それを言えるのは余裕がある奴だけだよ。それこそ現実は簡単じゃない。行きたくても行かせてくれないことばかりだ」

「それは両方得ようとするからだよ。現在地と新天地の両方をね。当たり前だがそれは不可能だ。体は一つなんだからな」

「それは俺に警察をやめろって言ってるのか?」

「どちらかを選べと言っているんだ。そして君はそれができなかったからここにいるんだろう。この私に新天地を見つけてもらうために」

新條は自分の胸に手を当てて笑った。

俺は考えてみればそうだなと思い、心を見透かされたような気がして恥ずかしくなった。

「今のはなんだ？　またなにかの実験か？」

「ただの心得だよ。人は欲張りだが同時に不器用だからな。なんでもかんでもはできない。なにかをやる時は忍耐強く可能性を一つずつ精査していくしかないんだ。実験も一緒だよ。そして運良く目的地に辿り着けた時、そこでようやく最短ルートが分かるのさ。同時に大抵の場合予想が外れていることもね」

「講釈はいい。お前がどう思おうが俺はできる限り最短で真理に辿り着きたいんだ」

「それのなにが楽しいんだ？」新條は苦笑して腕を広げた。「人生の楽しみは寄り道にこそあるじゃないか。それこそが心理の道さ」

「俺は筋道だったルートを歩く方がすっきりして気持ちがいいんだよ」

「結果この様《ざま》じゃないか」新條は手のひらを天井に向けた。「考えを改められないのは老人の特権だ。私達はまだ老け込む年齢じゃないぞ？」

新條はやれやれとため息をついた。

「まあいい。今更君の性格をとやかく言っても意味がない。話の続きを」

新條は俺に右手の手のひらを差し伸ばした。俺はむっとして手帳を見つめた。

「どこまでいった？」

「砂川姉が父親に注意される砂川弟を見つけたところだ。他に証言は？」

「あーえっと、そうだな。あとは些細《ささい》なことばかりだ。砂川悟は友達がいなかったから学校以外は常に家にいたそうだ。家に帰れば自分の部屋でゲームばかりしていたらしい。だけど事件が起こる少し前から寄り道をすることが増えたと立夏は言っている。なにをしていたかは知らないが、やっと友達ができたのかと安心していた矢先に事件が起きたそうだ」

「野良猫でも見つけてこっそり飼っていたのかもしれないな。私も小さい時はそうだった」

俺は隣の部屋でお茶菓子を用意している助手子をちらりと見た。なにかを拾ってくるのは昔から変わってないらしい。

一応あとで話を聞いておこう。本当に誘拐《ゆうかい》だったら洒落にならん。なんせこいつは倫理《りんり》より心理を取るような人間だからな。

俺が怪しんでいると新條は「最後に砂川祖父はどんな人だった？」と尋ねた。

俺は事件と砂川総一郎はあまり関係ない気もしたが、一応知っている限りを話すことにした。

「砂川総一郎はなんて言うか、普通のおじいさんだよ」

「普通ね。私がこの世で一番信用していない言葉だな。人が人である限り違いはあるさ。ユング曰《いわ》く人は外向的と内向的に分けられるし、シュプランガーは価値観で区別した。クレッチマーに至っては性格と体格は関係していると言っている。どちらにせよ人はいくつかのタイプに分けられるし、平均的で無個性なんてことはない」

「分かった分かった」俺はもういいと手のひらを見せた。「普通って言ったのはあれだ。平均的な七十代男性の考え方を持つ人だってことだよ」

「つまり？」

「息子夫婦を心配しながら孫を可愛《かわい》がるじいさんだ。同じ町に住んでるし、仕事もやってないからよく顔を合わせる。時折孫の面倒も見てた」

「奥さんは？」

「いない。バブルの時に離婚したそうだ。仕事が命って人だったらしい。だが離婚してからは家族を大切にするようになり、だからこそ息子夫婦や孫のことは可愛がっていた」

「失って初めて気づくということか。よくある話だな」

「ああ。だからすごくショックを受けていたよ。実の息子が殺されたわけだからな。ずっと動揺《どうよう》していて、まともに聴取できない時もあった」

「砂川祖父は少年にどういう印象を持っていたんだ？」

「色々言っていたが、なによりもかわいそうだと」

新條は手を組んで少し目を伏せた。

「そうだな。十四歳で殺人犯になってしまったんだ。彼の今後を考えればその言葉が出て然《しか》るべきだろう」

「ああ……」

俺は砂川悟が歩むであろう人生を想像し、気の毒になった。もちろん人を殺したことは悪で罪だが、人生から普通の要素が消えるにしてはあまりにも早すぎる。

俺の気持ちを知ってか知らずか新條は淡々と尋ね続ける。

「だがそれは犯行後の感想だろう？　その前はどうだった？　こういうことをしでかすと想像できたのか？」

「……どうだろうな。大人しくてあまり話さない。姉の立夏にはあれこれと欲しい物をねだられたそうだが、砂川悟にかんしてはほとんどなかったそうだ。他の友達に比べたらお小遣いもお年玉も貰《もら》っているからって」

「良い子じゃないか」

「ああ。そう見える。だが気味が悪いとも言える。それを言ったのは小学生のガキだぞ？　普通だったら玩具《おもちゃ》やゲームを欲しがるだろ」

「ゲームは持ってたんだろう？」

「一昔前のをな。新作ゲームが出れば欲しがるのが子供だろ。友達が持ってるからって」

「友達がいなかったらそれもないいんじゃないか？」

「だとしても欲しがるよ。それがゲーマーってやつだ」

「やけに熱く語るな。そんなにゲームが好きだったとは知らなかったよ」

「ゲームは現実と違って分かりやすく出来てるからな」

新條は馬鹿にするように苦笑した。

「敵を倒すとお金を落とす世界観が？」

「一貫しているという意味で」

俺が半ば怒って言うと、新條は皮肉を含んだ笑みを浮かべて肩をすくめた。

「他にはなにか言っていたか？　例えば砂川夫婦から相談をされていたとか、砂川姉と比べてこうだったとか」

「相談は何度かあったらしい。砂川悟があまりにも大人しいから外に連れ出してやってくれって。砂川晋作と若菜は仕事で忙しかったしな」

「それで？　ネコシャケランドにでも連れて行ったのか？」

「いや、彼はそういうのには興味を示さなかったそうだ。よく図書館に連れて行ったと砂川総一郎は言っている」

「うちの学生にも見習ってほしいな」新條は面白そうに笑った。「で、なにを読んでいた？」

「それが経済学がお気に入りだったらしい」

新條は笑っていたが、目は笑えてなかった。

「努めて殊勝だが、そこまで行くと可愛げがないな。砂川祖父も随分《ずいぶん》困っただろう」

「ああ。どう遊んでやればいいのか分からないと言っていた。……そこが怖いとも。おそらく父親の影響だと思うが……」

「なるほど。一方ではゲームばかりして、一方では難しい学問にも興味がある。他者とはあまり関わらず、挙げ句の果てに実の両親を殺した少年か……」

新條は独り言を言うと口元に手を持ってきて小さく笑った。

「ままならんな」

「お気に召したようだな」

「ああ。是非《ぜひ》会ってみたい。いつでもいいから会わせてくれ」

「無理だ。少年院の面会は原則、三等親以外はできないことになっている。俺でも会うのは難しいんだ」

「ケチだな。まあいい。そっちはそっちでなんとかするさ」

新條は悪い笑みを浮かべた。

俺としてはイヤな予感しかしない。倒れそうなジェンガを眺めている気分だ。

新條は持っていたペンをくるりと回した。

「さあ。これで大体の情報は手に入った。あとは当日の行動だな」

「普通はまずこっちから聞くよな？」

「私としては興味がある方から聞いたまでだ。行動はあくまで行動だ。常に心と一致しているとは限らない。それにこちらからのアプローチは君の専門だろう？　ほらあれだ。聞き込みしたり鑑識とかとやりとりするんだ。そして最後は犯人を追い詰めて銃口を向ける」

新條は楽しそうに手で銃を作って俺を撃った。

「バン！」

するとそれを見ていた助手子は興味深そうに「おー」と言って拍手を送っている。

俺は世間一般の刑事イメージに辟易《へきえき》としていた。まあ、昔は俺もそう思っていたけど。

「現場で銃なんて撃ったことねえよ。たまに威嚇で見せるくらいだ。ほとんどは地道な作業ばかりだよ。都会ならともかく、あそこら辺じゃそう大きな事件には出くわさない。だからこそ今回の事件は来たかって感じだった。まあ一瞬で終わったけどな」

「君の中では終わってないみたいだけどね。せっかくの楽しみを奪われて怒ってるのか？」

「そんなんじゃねえよ。……ただ」

「ただ？」

あの時。少年がトイレで顔を洗う前に見せた一瞬の表情が気になった。

今まで淡々としていた少年が唯一感情を見せた瞬間だ。

俺にはあの顔はしまったと言っているように見えた。

完璧《かんぺき》に見えた作品に自分だけが分かる瑕疵《かし》を見つけたみたいだった。

そしてそれが俺には分からない。なによりもそれが気持ち悪い。

「…………道理に合わないだけだ」

新條は含み笑いをして「君はそればかりだな」と面白がった。

「分からないか？　ほらたまにあるだろ。ミステリーなのに謎が残されたままの作品とか。

俺はああいうのが一番嫌いなんだよ」

「それは君が分かるような問題ばかり解いてきたからだ。生徒にもいるんだよ。最初から答えを教えてくださいって言う子が。だけど私はこう言う。まずは考えてみなさい。そして自分の考えが現実に即しているか確かめてみなさい。世の中で起きる多くのことは塾の問題集みたいに答え合わせができるわけじゃないんだから、とね」

俺が閉口すると新條は窓の外を見つめて続けた。

「謎を解きたいのはよく分かる。だがね。結果を出したがる人間に良い未来は巡ってこないのさ。なぜなら人生は直線で進んでいくものではないし、結果に辿《たど》り着くその過程にこそ本来の価値があるんだから。それこそ我々の人生は死という結果へと向かっていく途中じゃないか」

「……立派な教授様になったもんだな」

俺が皮肉たっぷりにそう言うと、新條は面白そうに笑った。

「これもやりたいことをするためさ。全く、世の中に知識が溢《あふ》れすぎたせいで誰もがまともに考えられなくなっている。これは憂慮《ゆうりよ》すべきだよ。みんなが考えを放棄してネットやビジネス書に答えを探し求めている。そこに自分の生き方や人生における問題の解決法が書いてあると思ってね。断言する。ないさ。あり得ない。君の人生は君だけのものだし、君の問題も君だけのものだ。君と同じ考え方をして君と同じ問題を抱えている人間は皆無だ。あったとしても似ているだけで中身は全く違うものさ。ならどうするか？　自分で考えるしかない。当たり前だ」

「……厳しいな」

「私は君の母親じゃないんでね。君を安心させるために君の欲しがる答えを言ってあげることはしないのさ。そんなことをしたらたとえ嘘でも君は信じてしまうだろうからね。世の中にある多くの事柄は誰かを満足させるために合致させてあげているんだよ」

新條はひとしきり俺を説教したあとにまた指を鳴らした。

「さあ。それが分かったら続きを話してくれ」

俺は気を取り直してまた手帳を開いた。

「じゃあ砂川家の最後の一日について詳しく話すぞ」

そこまで言って俺は手帳を閉じ、新條に尋ねた。

「おっと。その前にここまで聞いた感想を聞きたい。お前は砂川悟がなんで両親を殺したと思ってる?」

「さあね」新條は肩をすくめた。「だが通常の人間が殺人をする時は強い感情が必要になってくる。憎悪か鬱憤か、はたまた別の感情か。今のところ殺人に至るまでの動機は見つからないな。ただ少年が一般的なものとは違う思考をしているだろうとは思う。でなければ幾つかある些細《ささい》な矛盾《むじゅん》の答えが出ない」

「ああ。その通りだ」

俺は同意して頷《うなず》いた。

そして少し躊躇《ためら》ったが俺はここ数ヶ月で導き出した答えを言うことにした。

「……新條。俺は、砂川悟が多重人格者じゃないかと疑っている」

三話 —— chapter 3

会議室には砂川《さがわ》夫婦殺人事件と気合いを入れて書かれた表札がぶら下がっていた。

勢いよく始まった今回の捜査だが、一週間後の今、ここに誰もいないことが全てを物語っていた。

先輩も後輩も応援も全て帰るなり持ち場に戻るなりした真夜中。俺は一人事件の顚末《てんまつ》が細かく書かれたホワイトボードの前に立っていた。

きっとこの事件に違和感を抱く刑事は俺以外にもいるだろう。だけどそれがあまりにも小さいと気のせいに思えてくる。

そして俺達は例によって忙しく、そんな違和感に構ってられるほど暇じゃなかった。

他の刑事みたいに割り切るのが上手《うま》くない俺はこうして一人明日には片付けられるであろう資料を眺めていた。

しばらくすると入り口の方に人影が見えた。

視界の隅のシルエットで俺はそれが恋宮《れんぐう》先輩だと分かった。

恋宮先輩は俺の三個上で、長い黒髪が似合う女性だ。一見華奢《きゃしゃ》に見えるが、柔道の実力者で体は引き締まっている。顔は整っていて美人だが、仕事には厳しく怖れられている。

恋宮先輩は俺の隣にやって来ると同じようにホワイトボードを眠そうな目で見上げた。

「気になる？」

「……まあ、はい」

恋宮先輩は俺にコーヒーが入った紙コップをくれた。俺は会釈《えしやく》して受け取り、視線をホワイトボードに戻しながら一口飲んだ。

「先輩はどう思いました？」

「どうって？」恋宮先輩は静かに聞き返す。

「砂川悟《さとる》を取り調べて」

ここ数日砂川悟の取り調べで忙しかった恋宮先輩はコーヒーをふーふーと冷ました。

「まあ、普通じゃない子よね。ほとんど喋らないし。でも事件を聞いた時の印象とはかなり違ったわ。私はもっと怒りっぽいとか、言い方はあれだけど精神を患った訳の分からない子をイメージしてたけど、現実はかなり落ち着いてて、しかも雰囲気《ふんいき》や立ち居振る舞いがまともなのよね」

「そうですよね。攻撃的でもないし、ずっと俯《うつむ》いてるタイプでもない。目が据わってる。そんな奴がこんな事件を起こしますかね？」

「起こしたんだから仕方ないわ。姉の証言も現場の証拠も、そして本人さえも砂川悟がやったことを指し示しているんだから。拍子抜けだけど、この事件は解決ね」

刑事の評価はどれだけ大きな事件のホシを挙げられたかが大きい。そういう意味では今回の事件はあまり旨《うま》みがなかった。口を割らせたとか、立件するために証拠を積み上げたとか、そういったことが皆無だからだ。

女性のわりには出世欲のある恋宮先輩がつまらなそうにするのも無理はない。

そう。これはもう終わった事件だった。

あとは面倒な後始末が待っているだけだ。残念なことに事件は次々と起こるから、俺達はそちらに注力しなければならない。むしろこれだけあっさりと終わったことに感謝すべきなのだ。なのに、俺はどうも意識を切り替えられずにいた。

あれに似ている。ＲＰＧをあっさりとクリアした時だ。これからどうせ裏ボスが待ってるんだろと身構えていると本当に終わってしまうことがある。

あると思っていた道がそこで途切れている感じだ。

だけどどこかにこの道の続きがあるような予感がして、暗闇の中を探っていた。

俺の行為に意味がないことは分かっている。事件は解決され、犯人は捕まった。仕事はそこで終わりだ。

だからここからは俺の趣味でしかない。同時に俺だけで解ける問題にも思えない。

もしかするとあいつの力を借りないといけないかもな。

俺は高校時代の同級生で今は心理学の研究をしていると小耳に挟んだ人物を思い出していた。なるべく会いたくないけど、いざという時は仕方がない。

俺が嘆息《たんそく》していると恋宮先輩は小さく肩をすくめた。

「道筋《みちすじ》君はまだ捜査中なのね。顔に出てるわよ」

「捜査と言うか、個人的に納得したいだけですよ。安心してください。仕事には影響出さないですから」

「分かってるわ。君のそういうところすごく信用してるから」

恋宮先輩は落ち着いた様子でそう言うと一番初めから砂川家の行動記録を見だした。

ホワイトボードには犯行日の二月六日から一日前の行動まで調べて書かれている。二月六日は土曜のため、ほとんど情報がない。なので前日の行動が事件解決の鍵《かぎ》になると思い、足を使って調べた。

だが思ったよりも早く事件は解決したため、これらの情報は無駄に終わり、俺達の仕事は徒労となった。

もしかしたら俺はそのことがイヤでこの事件にしがみつこうと思っているのかもしれない。……いや、それはないか。やっぱり気になるからやってるだけだ。

道理に合わないことが許せない。それが俺の知る俺の性分なんだから。

「道筋君は砂川悟が嘘をついているんじゃないかって言ってたわよね？」

恋宮先輩だけにはそのことを相談していた俺は「はい」と頷いた。

「なんのために？」

「それが分からないから俺はこうやって考えてるんですよ」

少し不機嫌になる俺を見て恋宮先輩は呆《あき》れるように嘆息した。

「あなたって子供っぽいところがあるわよね。いつもはすごくきっちりしていて隙《すき》がないって感じなのに」

「……そうかもしれません。学生時代もよくこの性格をからかわれました。この世には道理に合わないことばかりなのだよって」

「その人も相当変わってるわね」

まったくだと俺は旧友を思い出し、そして思い出さなくてもいい場面までフラッシュバックして顔を熱くさせた。

道理に合わないイヤな思い出だ。あいつのせいで俺の人生はいくつか狂った。だけど同時に知らなかったことを知り、見えなかったことを見たこともたしかだ。でもできるだけあいつの手は借りたくない。ならなんとかここにある手がかりだけで解かなくては。

恋宮先輩は退屈そうにして机に座って手をついた。

「正直、私はもう終わった事件だと思ってるんだけど。あなたは違うのね？」

「……それが分からないから気持ち悪いんです」

恋宮先輩は小さく笑った。

「そう。なら早く答えを出さないとね。私達だって暇じゃないんだから」

恋宮先輩の言い方はドライで、あまり興味がないという様子だった。先輩からすれば無駄な労力を使いたくないだろうし、終わった事件で残業するのも面白くないはずだ。

解決した事件をいくら洗ったってなんの評価にもならないんだから。それでも暇だから付き合ってくれてるんだろう。

俺は見落としがないようもう一度最初から砂川家の行動を洗い始めた。

「まずは犯人である砂川悟ね」

恋宮先輩は親戚《しんせき》の家で見つけた興味のない本をめくるように資料を開いた。

「砂川悟についての証言は姉の砂川立夏《りつか》と担任の教師から取れてます」

「姉曰《いわ》く父親に怒られていたのよね？」

「はい。勝手に部屋に入ったからだそうですね。あとは事件の少し前から寄り道が増えたとも言っています」

「それだけ？　雰囲気が変わったとかは？」

「いや、いつも通りだったそうです。物静かで家に帰るとすぐに部屋へ行ってゲームしていたと砂川立夏は言っています」

「いつも通り……。でもおかしくない？　両親を殺す前よ？　それこそ普通ならなにか兆候があっていいはずだわ？」

「精神科医の話だと無意識的な殺人の可能性もあるってことですから、異常がなくてもおかしくない。むしろ意識的に抑えつけていたのかもしれないとのことです」

「そう言われればそうだけど、十四の少年にそれができるのかしら」

恋宮先輩は腑《ふ》に落ちないといった様子だ。それには俺も同感だった。普通暴力的な事件を起こす前には前兆がある。殺人の前なら暴行や傷害事件を起こす者も少なくない。なによりもそういった前兆には家族が気づくことも多い。

父親に怒られたのはたしかにきっかけかもしれないが、それが原因で両親を殺すほどの感情が砂川悟にあるかと言われれば疑問だ。

無意識的な殺人であることはまだ認められるが、殺意に至るまでの無意識が形成される過程が全くと言っていいほど見えてこない。

「担任の教師が言うにはあまり記憶に残らない子だったそうです。目立たない地味な少年ですね。なにか特技があったわけでもないし、友達もいない。だけどどこかそれを受け入れていて、あれくらいの年頃だと珍しいタイプだとも言っていました」

「まあ普通の中学生はどうにか友達を作ろうとするわよね」恋宮先輩は資料に目を通した。

「成績は普通。でも国語と数学と社会はかなりできた。他はダメで、運動も全然。そう言えば細かったわね。あれでよく父親を殺せたもんだわ。砂川晋作は空手の有段者でしょ？」

「それも息子だからっていうのが答えになりそうですね。もしかしたら殺した時も静かなままだったのかもしれません。俺達も武道の有段者ですけど、不意打ちなら関係ないですからね。突然刃物を持った息子に襲われれば体も動かなくなりますよ。そう言えば凶器のナイフはどこから出てきたんですか？」

「父親の書斎よ。コレクターだったらしくて、ダイヤル式の金庫に入れてたと姉が証言してるわ。それを砂川悟が取り出して使ったみたいね。金庫は開いてたし、ダイヤルからは砂川悟の指紋も出たわ」

恋宮先輩は呆れて血の付いたナイフが写された資料を見つめる。ナイフはアメリカ製のサバイバルナイフでコレクターにも人気の高級品だ。

「まったく男ってなんでナイフが好きなの？」

「それはまあ、かっこいいからじゃないですか。俺は銃の方が好きですけど」

「これが普通の包丁だったら殺されなくてすんだかもしれないわね。ほら。砂川家の包丁って使い込まれていて先が丸いのばかりじゃない」

恋宮先輩は鑑識が撮ったキッチンの写真を指さした。そこには高級包丁が写っている。だがあまり手入れはされていないようで先が丸い。これだと人を刺し殺すことはまず不可能だろう。斬り殺すことはできても貫くには相当の力が必要となる。砂川悟の細腕じゃ尚更難しい。

「砂川悟はどうやってナイフを入手したって言ってました？」

「前に内緒で金庫を開けて部屋に置いていたそうよ。砂川悟もそういうのが好きだったみたいね。砂川晋作が怒ったのはそのことでしょう。勝手にナイフを持ち出したなって」

「なるほど。それはたしかに怒りますね。でもどうやって金庫をこじ開けたんですか？」

「昔ドアの隙間から覗《のぞ》いた時に見たそうよ。それを覚えていたって」

「だけど前もって凶器を準備していれば計画殺人になりますよね。それでも無意識だったで突き通せますか？」

「それに関しては母親も殺したことが大きいわね。特段大きなトラブルもなく、むしろ家族の中では仲の良かった母親まで手にかけている。カッとするタイプならそれも分かるけど、普段から大人しい砂川悟が母親を殺す動機がないわ。加えて精神疾患《しっかん》も見当たらない」

「父親と母親。両方を殺すためには無意識説が有力ってことですか……」

「なにより本人がそう言ってるからね。父親も母親も殺したいと思ったことはなかったって。聞いた限り、嘘を言っているようには思えなかったわ。気づけば手を下していた。そんなことは珍しくもないしね」

俺は先輩が取った調書にある一文を読み上げた。

「なにも覚えてません。二人を殺さないといけない。そう思って、気づいたら二人とも死んでいました。ですか……」

「まあ普通は信じられないわよね。でも実際、無意識による殺人が行われた例はあるのよ」

恋宮先輩は自分が調べてきた事件について楽しげに語り出した。

「それが一九八七年にカナダで起きたパークス事件よ。当時二十三歳だったパークスは暴力的なテレビ番組を見ながら眠ってしまい、それからしばらくして起き上がると車に乗って二十キロ以上も走り、義理の母親を殺害。一緒にいた義理の父親にも重体になるほど暴行を加えたわ。だけど後日、弁護士は一連の行動を無意識による犯行だと主張したの」

「それって……」

「今回の事件に似てるわね。パークスはすぐに自首し、自分のやったことを否定しなかった。この点もよく似てるわ。砂川悟は自首してないけど、姉と祖父が警察に向かっている間も殺害現場から一歩も動かなかったんだから」

「たしかに普通なら自分の部屋に閉じこもったり、それこそ逃げたりするはずですよね」

「そう。だけどそれをしなかった。自分がやったっていう感覚がなかったんでしょうね。でも気づいた時には両親は殺されていて、どう考えても自分がやったとしか思えない」

「そのパークスはどうなってんですか？」

「大きく分けて四つの理由から心神喪失《しんしんそうしつ》で無罪になったわ」

　恋宮先輩は右手の指を一本ずつ立てていった。

「第一に動機もなく、自首している。第二にパークスの家族に夢遊病者が多く、彼自身も睡眠障害に悩まされていた。第三に同房の受刑者二人がパークスが寝ている間に立ち上がって話し始めたと証言している。第四に夢遊病での殺人は滅多に起こることではないと専門家が証言し、治療によって同じような症状はなくなる。実際パークスは治療後、夢遊病の症状は出なくなったそうよ」

「それってつまり、そいつは半分寝たまま人を殺したってことですか？」

「そうみたいね。ほら。今回の事件も深夜に起きたじゃない。だからこれもそうじゃないのかって私は思っているわ。だってあの子……」

そこまで言って先輩は口を閉じた。

「……あの子？」

「………………あんまりこういうことを思っちゃだめなんだろうけど、優しそうだったから」

いつもは犯罪者に対して厳しい恋宮先輩がこんなことを言うなんて珍しい。一方で根は優しいから今回のような少年犯罪は気が重いんだろう。

「……それで、そのパークスはなんで義理の両親を襲ったんですか？」

「それがどうもストレスからだって」

「ストレス？」と訝《いぶか》しむ俺に先輩は頷《うなず》いた。

「ええ。当時のパークスはギャンブルで多額の借金があったそうよ。そのために職場で横領をして、その結果失業。家を失いそうになるほど追い詰められてたみたいね」

「……なんか、自業自得に思えるんですが」

「そうね。でもやっぱり動機はないのよ。だって金銭問題を妻の両親と相談する前日に犯行を起こしたんだから。普通自分を助けてくれるかもしれない相手を殺さないでしょう?」

「……たしかに」

「だからパークス側の主張は受け入れられ、無罪判決が言い渡されたわ」

「なるほど。でも――」

「それだけで今回の事件を無意識と判断してもいいのか? でしょう? 無意識による殺人は他にもあるわ。一九八八年のアメリカで起きたグランドバーグ事件よ。こちらも無意識の内に母親を銃で八回も撃って殺しているわ」

「それも無罪に?」

「ええ。睡眠剤の副作用だということになったみたいね。その後に製薬会社を訴え、和解しているわ。彼女もまた人生が上手《うま》くいってなくてストレスがたまっていたみたいね」

「いやちょっと待ってください。なんでもかんでもストレスを理由にすれば殺しが正当化されるのなんておかしくないですか?」

「もちろんそれだけならそうね。ストレスなんて誰にでもあるし。だけど人生を狂わすような大きなストレスと夢遊病や薬の副作用などの要素が加われば責任能力はないとされるケースもあるのよ」そこまで言うと恋宮先輩は悲しそうにした。「今回はそうならないかもしれないけど……」

先輩には悪いけど、俺は別のことを考えていた。

「……あのですね。……もし、砂川悟がそのことを知っていたとしたらどうでしょう？」

すると先輩の表情は厳しいものに変わった。

「そこまで計算しての計画殺人だって言うの？」

いきなり睨《にら》まれて俺は焦った。

「いや、その、もしもの話ですよ」

先輩は不服そうに腕を組んだ。

「もちろん可能性としてはあるけど、ないと思うわ。だとしても母親への動機はないもの」

「……ならもしそれが見つかったら可能性は大きくなるってことですね？」

俺と先輩はしばらく見つめ合った。それは決して甘いものではなく、お互いの主張と主張を闘わせてのものだ。

先輩は自分の意見をしっかり持っている。相手が男だろうが年上だろうがそこは曲げない。俺はそれを尊敬しているし憧れさえ持っている。

だけどそれと道理が合う合わないは別だ。俺には俺で譲《ゆず》れないものがある。

父親の部屋からナイフを持ちだしておいて計画性がないなんて言い訳は俺には通らない。

ただ同時に先輩の勘が外れてるとも思わない自分がいる。

改めてよく分からない事件だ。先輩はふっと笑った。

「相手が誰であろうとなによりも論理性を大事にする。そういう視点ってとても大事だと思うわ。まあ、反論されると少し癪《しゃく》に障るけど」

「……どうも」

俺はカップを持ち上げながら、先輩の言っていることにも一理あるなと思っていた。

父親殺害の動機はあるが、母親についてはない。

やっぱり父親を殺したことを咎《とが》められた勢い余ってなんだろうか。だとしたら母親を殺した時は無意識的ではないことになる。

だけど砂川悟は気づいたら両親が死んでいたと言っていて、先輩はそれは嘘でないと思っていた。

先輩の勘が外れているのか、それとも……。

俺は益々《ますます》訳が分からなくなり、落ち着くためにコーヒーを飲んだ。

〇

「一つ聞きたい。君はその恋宮とかいう先輩が好きなのか？」

砂川家の行動を先輩と共に洗った時の話をすると、新條《しんじょう》は不機嫌そうにそう尋ねた。真剣に話していた俺の口元が思わず引きつる。

「なんでそういう話になる？」

「君が嬉しそうな気がしたからな。その女に妙な憧れでも持ってるんじゃないか？」

訝しむ新條に俺は嘆息《たんそく》して本題に入った。

「で？　先輩の言っていた事件は本当に起こりえるのか？」

「特定の状況において過度のストレスがかかると無意識的な殺人が起こるか否《いな》か？」

俺が頷くと新條は両手を広げた。

「どうだろうね。そもそも人は強いストレスを受けると二択を迫られる。戦いか逃亡だ。これを闘争か逃走か反応と言う。つまり不安に対してなんらかの処理をするために心の準備を求められるのさ」

「へえ。でもそれって普通だろ。結局どちらかを選ばないといけない」

「その通り。そして心理学は君の言う普通のことに名前を付ける学問だからな。問題は不安になると人は攻撃的になるという点だ。そしてこの状況が続くと不安障害にもなり、パニック障害などを引き起こすこともある」

「パニックってことは……」

「一過性の記憶障害を起こす場合もあるな」

「それはつまり、不安によって攻撃的になってる時、パニックに陥《おちい》り記憶が飛ぶってことがあるかもしれないってことか？　それが無意識的な殺人だと？」

「可能性としてはね」

俺はそこで砂川悟のことを思い出した。だけどどう考えてもあの少年が錯乱しているところが思い浮かばない。

「……お前は砂川悟がそうだったと思うか？」

「見てみないことには分からないが、今のところ可能性は低いだろうな」

「それはなんでだ？」

「捕まった時に大人しかったんだろう？　殺人をして捕まるんだ。相当なストレスがかかったはずだが、少年はそれらしい振る舞いを見せなかった。少年が不安障害やパニック障害ならむさ苦しい大人達に囲まれて睨まれた時点で何らかの反応を見せただろう」

俺は終始落ち着いていた砂川悟を思い出した。あれはむしろ普通の大人よりも大人びていて、それが逆に異常さを演出していた。

あの場にいた大人達が戸惑っていたのをよく覚えている。さあ悪人をとっちめるぞと勢い込んで、逆にその透明感に飲み込まれていくような、そんな感じだ。

結果的に彼は罪に問われたわけだから大人達の負けというわけじゃないんだろうが、感覚的には敗北に近いなにかを感じた。

俺が考え込んでいると新條はまたテーブルを指で叩いて催促《さいそく》した。

「ほら。さっさと続きを聞かせてくれ。私には君が業務中に年増女の誘惑に負けたかどうかを確認する義務があるのだから」

なんだそれと思いながらも俺は続きを話した。

●

「次は被害者の砂川晋作と砂川若菜《わかな》ね」

先輩はホワイトボードの右上を見つめた。俺は頷《うなず》いた。

「二人については専務が証言してます。犯行の前日もいつも通り仕事をしていたと」

「たしか広告業だったわね。あんな家を建ててるってことはさぞ儲《もう》かってたんでしょう」

先輩は砂川邸の写真を冷めた目で見つめた。俺も肩をすくめる。

「土地は祖父の総一郎《そういちろう》の物みたいですけどね。犯行前日の二月五日は金曜で、朝の出社時間に遅れたとかもないです。ただ退社は少し遅かったと。これについても専務は『残っていた仕事を片付けていたからです。いつものことですよ』と言っています」

「真面目《まじめ》だったのね。そしてその真面目で頼りがいのある夫を献身的な妻が支えていた。二人は一緒に通勤していたの?」

「はい。妻の若菜がキャデラックを運転してました。夫が事故でも起こしたら大変と」

「如何《いか》にも男が好きそうな女ね」恋宮先輩はため息をついた。「だからこそ夫を助けようとしたのかもしれないわ。まだ生きていると思ってね。砂川晋作はほぼ即死だったのに」

「まあでも、自分の身内が血を流して倒れていたらまず助けようとしますよね」

「それが仇《あだ》になったのかも。事件当日は外出してないのよね?」

「はい。それはたしかです。周囲の防犯カメラも調べましたけど、家族の誰も家を出てません。警察署に向かう砂川総一郎が勢いよくキャデラックを運転する姿だけが映ってましたね。方角も証言と一致します」

「なるほど。人生最後の日は家族で過ごしたってわけね。やっぱりそこでなにかトラブルがあったのかしら?」

「それについては砂川立夏が否定してます。朝起きてから夜寝るまで至って普通の土曜だったと」

「普通ね。会社の部下はなにか聞かされてないの?　息子との仲が上手《うま》くいかないとか」

「う〜ん。心配はしていたそうですけど、仲が悪いというのはあまり考えられません。つい一週間前も家族全員で温泉旅行に出かけたそうですから。毎年恒例らしくて、高級旅館に一泊二日で行ってます。その時の様子も仲睦《なかむつ》まじかったと旅館の女将《おかみ》が証言してます」

「高級旅館か。如何にも社長家族って感じね」先輩は苦笑して髪を耳にかけた。「心配してたってのは具体的にどんなこと？」

「砂川悟が大人しくて、あれだと社会で上手くやっていけるのか心配してたそうです」

「それはちょっと分かるわね」先輩は困りながら笑い、頷いた。「娘については？」

「いつも自慢していたそうです。学校のテストで一番になったとか、部活で表彰されたとか。とにかく自慢の娘だったみたいですね。だからこそ別の心配もあったみたいですけど」

「それって？」

「自分が責任を持って育てないといけないと。随分《ずいぶん》甘やかしていたそうですからね。目が離せなかったんでしょう」

「娘に嫌われるタイプの父親ね」と先輩はまた苦笑した。

「多少は煙たがれていたらしいですけど、それでも尊敬はされていたみたいです」

「そう言えば父親みたいになりたいって言って広告業を志望していたのよね。娘には尊敬されてたけど息子にはされてなかったってこと？　息子にだけ厳しかったとか？」

「いや、むしろ甘かったって砂川立夏は言ってます。自分より弟の方が期待されたとも」

「できない子は可愛《かわい》いって言うものね。優秀な姉より手のかかる弟の方が気になるのは無理ないわ」

恋宮先輩は同感しているように見えた。よっぽど砂川悟が気になってるらしい。

「砂川晋作の趣味は？」

「キャンプとかのアウトドアみたいですね」

「ああ。だからナイフが好きなのね」

「はい。よく社員を誘ってバーベキューとかしていたそうです」

「如何にも面倒見が良い男って感じね。今はこういう社長って少なそうだし、人気があったのも頷けるわ」

腕を組んで砂川立夏の写真を見つめた。

「で、問題はこの砂川立夏ね」

「はい。事件唯一の証言者です。祖父の総一郎は直接砂川悟を見たわけじゃないですから」

「巷ではこの砂川立夏が真犯人だって噂《うわさ》もあるみたいだけど」

「ネットではそれで盛り上がってるみたいですね。まあ、あそこはそういう逆張りが好きな人種の巣窟ですから。そっちの方が面白いからそちらが真実だって奴らもいますし」

「でもそれはないのよね？」

「凶器のナイフや被害者の傷痕から殺したのは確実に砂川悟だというのが現場の意見です」

「砂川立夏にけしかけられたり、洗脳されたりしていた可能性ならまだしも、真犯人が別にいる可能性は限りなく低いってわけね」

俺が頷くと先輩は「なるほど」と言って前髪をかきあげた。そして砂川立夏の証言を読み上げる。

「えっと『二月六日の夜、食事のあと眠くなって自室に戻った。しばらくスマホで友達と連絡を取っていたが、我慢できずにそのまま眠ってしまった。すると深夜、下の階でなにかが倒れる音がして目が覚めた。なんだろうと思って下に降りるとナイフを持って佇《たたず》む弟をリビングで発見した。足下で動かない母親を見て、事態を悟った。このままでは自分も殺されると思い、父親の部屋に逃げ込むと、そこで父親の死体も発見した。すぐに部屋のドアを閉め、鍵《かぎ》をかけ、近くにあった電話で祖父に連絡を取った。それから祖父が来るまで部屋でじっとしていた。しばらくすると祖父が来て、窓から逃げ、その時持ち出したキーを使って車に乗り込み、祖父の運転で警察署に向かった』と」先輩は小さく息をした。

「いくつか疑問が残るわね」

俺が「はい」と頷くと先輩は指を三本立てた。

「第一になぜ父親の部屋に逃げ込んだのか？　第二になぜ警察でなくて祖父に連絡したのか？　第三になぜそんな危険な場所に居続けたのか？　これについてはなんて？」

「えっと、父親の部屋に逃げたのは、咄嗟《とっさ》の判断だったそうです。ドアが開いているのが見えて無我夢中で飛び込んだら父親の部屋だったと」

「なるほど」

「警察でなくて祖父に連絡したのは、やはり身内の犯行ですからね。公になる前にどうするべきか知りたかったが、話せる人が祖父以外思いつかなかったと。祖父は同じ町内に住んでますから頻繁《ひんぱん》に会っていたそうですし。信頼できると思ったんでしょう」

「ありがちね。ほとんどの市民は問題が自分達だけでは解決できない時に初めて警察に通報するって選択肢が浮かぶものだから。もう少し早く通報してくれればよかったって事件が後を絶たないもの」

　それに関しては俺もいくつか覚えがある。夫に殴《なぐ》られている時には通報しない妻が、子供を怪我《けが》させられると泣きながら110番する。

　彼らには世間体があり、それと身体的だったり精神的だったりの痛みを常に天秤《てんびん》にかけている。その天秤が痛みの方に傾くにはそれなりの被害が必要だ。

「最後に部屋に居続けた理由ですが、怖かったからだそうです。窓から逃げようとは思ったが、弟が回り込んでいたらと思うとできなかったと」

「祖父が来て安全が確保され、初めて動き出せたってことね。夜だったし窓の外も暗くてよく見えなかったらそう考えても仕方ないわ。そこは普通の十八歳ね」

先輩の言う通り、砂川立夏の行動とその理由については全て道理が通っている。

もちろん最適解ではない。一番良いのは警察を呼んですぐその場から離れるべきだった。

だが普通の女子高生が両親を殺した弟を前にそれを選べと言うのはちと酷《こく》だ。

むしろきちんと避難して助けを呼べただけ上出来だと褒《ほ》められるべきだろう。そこからも砂川立夏の優秀さが滲《にじ》み出ている。普通の女の子ならその場にへたり込み、殺されていてもおかしくない。

だが当の本人は自分が最適解を選べなかったことへの反省なのか、時折悔《くや》しさを滲ませていた。あるいは姉として砂川悟を見誤ったことに対してなのかもしれないが。

「砂川立夏の友達への聞き込みは？」

「一応行きました。周りの評価を一言で表すと『立夏はすごい』ですね。金持ちの娘で顔もいいし、成績も優秀で友達も多い」

「育った環境も良くてなんでもできる上に性格もいい。こういう子は大体一流企業に入って、専業主婦になるかバリキャリとして働くかよね。この子はどっちかしら？」

先輩の顔は知り合いでも思い浮かべているみたいだった。

「俺の知り合いは留学先で外国人と結婚したり、訳の分からないやる気でニッチな起業をしたりしてましたね」

「まあ、どちらにせよ、この子の将来だけは守られたってことね。それは素直に喜びましょう。彼も」先輩は遠い目をした。「自分の姉の命までは奪いたくなかったでしょうから」

「でも不思議ですよね？　無意識での殺人なら姉の命を奪ってもおかしくなかった。だけど砂川悟は最初から殺すべきは二人だと明言してます」

「姉弟仲がよかったんじゃない？」

「かもしれないですけど、なんかこう、違和感があるなって」

「まるで砂川立夏も殺されるべきだったたって言いたいみたいね」

先輩は苦笑するけど、たしかにそっちの方が道理が通っている気がした。

無意識だからこそ無差別。その方がまだ納得できる。

無意識だが識別はするでは道理が通らない。

少なくとも砂川悟は姉を目撃している。追いつかないまでも追いかけることはできたはずだ。なのに母親を殺してから一歩も動いていない点も不自然だ。

考えられるのは無意識下に置かれた砂川悟の意識が戻り、呆然《ぼうぜん》としていたとかだが、それでも死体を前にして動かないのはおかしい。

　この件について俺は疑いを深めたが、先輩は受容可能な範囲内らしくあまり気にしていなかった。子供が死ぬところを見なくてよかったと思っているのかもしれない。

　先輩は資料の次のページをめくり、砂川総一郎の箇所《かしょ》を読み始めた。

「砂川総一郎は深夜に電話で起こされ、砂川立夏に事情を聞かされると、慌てて家を飛び出したのね。警察署に来た時もパジャマ姿だったの？」

「はい。パジャマにジャンパーを羽織って、足下は素足にランニングシューズでした」

　おまけに汗だくで顔面蒼白だった。最初はあのじいさんが人を殺したと思ったくらいだ。

　先輩は顎《あご》に手をあてて訝《いぶか》しむ。

「この人も警察には通報しなかったのよね？　なんで？」

「様子を見てから判断しようと思ったって言ってますけど、本音は息子夫婦のことで気が気じゃなかったんでしょうね」

「車は持ってなかったの？」

「持っていたそうですが、鍵が見つからなかったそうです。走っても十分以内ですからね。急いでいたのですぐに諦めて走ったと言っています」

「結局鍵は見つかったの？」

「洗濯物のズボンのポケットに入っていたらしいです」

「よくあるわね。歳《とし》も歳だろうし、珍しいことじゃないわ。でもよりにもよってこんな時に忘れるなんて」

「まあ、そういうものですよ」

「不運ね。助けが遅れて孫娘まで助けられなかったらと思うとまだよかったかもしれないけど。その点砂川立夏は冷静に自分の状況を伝えられたみたいね」

「はい。そのおかげで砂川悟にも知られないように駐車場側から入って父親の部屋まで行けています」

　先輩は資料にあった家の間取り図を指でなぞった。

「そして窓から逃げて、車で逃走ってわけ。それはどっちの案？」

「砂川立夏です。父親の部屋に鍵を見つけたからこれで逃げようって。砂川総一郎の足だと逃げても追いつかれる可能性があると思ったそうです」

「妙案ね。でもそこまでするなら警察に通報してほしかったわ。あと一つ疑問があるんだけど、どうして二人は住んでいる餅猫《もちねこ》町じゃなくて、隣の銀鮭《ぎんしゃけ》町まで行ったの？」

「そこは俺も気になりました。二人曰《いわ》く、必死になって逃げていたら川が見えて、ここからなら隣町の警察署の方が近いと思ったそうです。餅猫町には交番しかないですし」

「なるほど。そしてここに辿《たど》り着いた二人によって事件のことが明らかになり、我々が現場に赴いたってわけね」

ようやく砂川家の行動が洗えて先輩は一息ついた。こうして見る限り怪しい点はいくつもあるが、同時にある程度納得のできる理由もあった。

先輩は腕を組むとなにか思い出した。

「最初に現場へ行ったのは当時周囲を巡回していた畑中《はたなか》君達よね。彼はなんて？」

「畑中は久しぶりに緊張したって言ってましたね。相方と共に銃を持って庭からリビングに回り、室内をガラス越しにライトで照らすと血に染まる砂川悟を発見したそうです」

「夢に出そうね」

先輩が皮肉めいた笑いを浮かべると俺も苦笑して頷《うなず》いた。そして手帳をめくった。

「その時、畑中が奇妙なものを見たと言ってます」

「奇妙？」

「はい。奴曰く、砂川悟が自分を見た時、彼が一瞬笑ったように見えたそうです」

四話

chapter 4

「以上だ」

そこで俺は話を終えた。

本来なら捜査資料を外部の人間に漏らすことなんて御法度《ごはっと》だが、新條《しんじょう》は腐っても専門家だ。今後の捜査に備えて見識を深めていたと言えば注意くらいで済むだろう。

今の俺には道理に合った真実を知る方が大切だ。半ば自分に言い聞かせながら俺はすっかり冷えたコーヒーを飲み干した。

しばらく沈黙が流れた。新條はテーブルに肘をつき、手を組んで俯《うつむ》いている。

助手子《じょしゅこ》は起きてきたねこ達に餌《えさ》をやっていた。カリカリと砕《くだ》ける音が聞こえてくる。

おそらく今、新條は暗闇の中で両親を殺して笑う砂川悟《さがわさとる》を想像しているんだろう。俺が見たわけじゃないが、もし遭遇《そうぐう》したらかなり恐ろしい光景だ。

そしてなにより砂川悟がその猟奇《りょうき》性を完全に隠し通しているのが気味悪い。

新條は真剣な顔つきで「……それで？」と尋ねた。

「畑中《はたなか》は庭で尻餅《しりもち》をついたが、すぐ応援に来た刑事は見てないと――」

「そこじゃない！」新條はテーブルを叩いた。「君はその恋宮《れんぐう》とかいう女といつまで二人きりでいたんだ⁉」

「しつけえぞお前ッ！」

俺も負けじとテーブルを叩き返す。ねこ達はビクリと体を震わせ俺を睨《にら》んできた。小さい方を助手子が抱き上げ、「よしよし」と落ち着かせる。

新條はまたご機嫌斜めでテーブルを指で叩き続けた。

「気に食わん。気に食わんよ。私がこうして忙しい合間を縫《ぬ》って会ってやってるというのに、君は上司の女と一夜を過ごしていたとはね」

「変な言い方するな。ただ当直が一緒だっただけだ」

「男女が一つ屋根の下で一夜を過ごしたことには変わりないだろう？　全く汚らわしい」

「お前な……」俺はため息をついた。「俺はお前とそんな話をしに来たわけじゃない。専門家としての意見を聞きに来たんだ」

すると新條はわざとらしく泣き始めた。

「うう……。犯人の心理さえ分かればぽいか。君は私の心なんてどうでもいいんだな……」

「よく言うよ。お前こそ他人の心理にしか興味がないくせに」

「まあな」

新條はけろっとして顔を上げた。やっぱり今のは嘘泣きだったらしい。

俺はむかついて拳を握ったが、なんとか抑える。

「……で？　今の話を聞いてお前はどう思った？」

「駆けつけた刑事曰く母親を殺した少年が笑っていたのを見た。そのことか？」

「ああ。おかしいだろ？　俺も砂川悟を見てるけどそういう子じゃない」

「そういう子っていうのは？」

「そんな狂気じみたことはしないってことだ。これについては恋宮先輩も同意している」

「口を開けば恋宮、恋宮……」

新條は苦虫を嚙《か》み潰したような顔になる。俺は無視して続けた。

「砂川悟がサイコパスの可能性がある。そう考える奴らは署内にもいた」

「それで？」

新條は素人《しろうと》の議論などくだらないといった様子で聞き返す。

「犯行現場だけを見ればその可能性はあるが、親戚《しんせき》や教師、あとは同級生からの証言を聞く限り違うと判断された」

「サイコパスは道徳心が欠けていると言われている。もしそうなら罰に対する感受性も鈍いだろう。逃げずに罪を受け入れているならそう判断されてもいいと思うが？」

「普通ならな。だけどサイコパスは生まれついてのものだっていうのが今の定説なんだろ？」

「私の専門分野ではないが、らしいな。生まれつき脳の一部の反応が鈍い傾向にある。だから平気で嘘をつけると知り合いの脳科学者が言っていたよ」

「だけど砂川悟は子供の時はよく笑い、よく泣く子だったと祖父の総一郎《そういちろう》は証言している。変わったのは小学生辺りからだと。同級生や教師からも同様の証言が出てる」

「ならそうなんだろう。きっと笑って見えたのはライトのせいだな。眩《まぶ》しくて目を細めたのをそう感じたんじゃないのか？」

「周りもそう考えてる人が多かったよ。いつも通り畑中の勘違いだろうって」

　実際畑中は普段からミスが多く、刑事のわりには小心者だった。

「だけど俺の考えは違う」

「なるほど」新條は冷笑した。「それが多重人格説か」

　俺としては会心の一撃を見舞ったつもりだったが、新條はえらく冷めていた。面倒そうに頭を掻《か》いてから長い足を組み直す。

「あー。もしかしてだが、君は最初から砂川悟が多重人格だと思っていなかったか？」

「え？　ああ、まあ、そんな気はしてたんだよ。普通の少年が両親を殺すなんてまずない。加えて様々な矛盾《むじゅん》がある。極めつけは畑中が見たあの笑みだ。それを聞いた時、やっぱりなと思ったよ」

俺には自信があったが、新條は小さくため息をついた。

「その予想が問題だ。心理学にプライミング効果という言葉がある」

新條は生徒に教えるような言い方をした。同い年にされるとむかつく言い方だ。

「人はね。知識をどのタイミングで手に入れるかで経験そのものが変わってしまう生き物なんだ。聞き慣れた言葉で言うならバイアスだな」

俺は意味が分からず疑問符を浮かべた。

「は？　経験が変わる？」

この俺に限ってそんな道理に合わないことがあってたまるか。

そんな気持ちでむっとすると、新條はまた紙にペンで書き出した。

そこにはまたねこが描かれている。ねこはテレビを見ていて、そこにはアジと描かれた魚が映っていた。

「ねこくんはテレビで魚が泳いでいるのを見ている。その時期魚は旬で、脂《あぶら》がのっていてとてもおいしいと評判だ」

どんな仮定だよと思いながら俺はイラストを見つめた。

「しばらくしてねこくんはスーパーに夕飯のおかずを買いに向かった」

「……ねこが？」

「ねこくんはお肉にするかお魚にするか悩んでいる。二つは同じ値段だ」

「分かった。ねこは——」

「ねこくん」

「……ねこくんは魚を選んだんだな？」

「その通り」新條は頷いて魚の方に丸を描いた。「ねこくんはお肉もお魚も同じくらい好きだ。そして値段は同じ。だがねこくんがテレビで魚が泳いでいるのを見てから買い物に行くと、事前に得た情報、つまり今の時期の魚は脂がのってとてもおいしいという知識が選択に影響をもたらすのさ。そして魚を買って食べたねこくんは前評判通りおいしいと思い、満足した。これも予想の効果だ」

「……つまりお前が言いたいのは」

「人はいつだって情報に思考が左右され、そして自分の予想が合っていると思いたいのさ」

諭すようにそう告げる新條に、俺は複雑な気持ちで反論した。

「……たしかにそれはあるかもしれない。だけど俺は俺なりに根拠があって砂川悟が多重人格だと考えているんだ」

「どうだかね」新條は怪しむように微笑した。「最近その手の情報が入った映画を見なかったか？　漫画でも小説でもいい。君の場合はゲームもありそうだな」

「そんなもん――」

「たとえ記憶がなくてもプライミング効果は無意識に作用する。知らず知らずの内に情報に触れれば人はそちらへと傾くのだよ」

「そんなこと言ったらどんな意見もそうじゃねえか」

「その通り。人は常に無意識に左右されているのさ。その中から合理的な行動を選び抜くのは至難の業だ。我々には感情もあるし、無意識も思考に関与してくるのだからね」

まるで俺に合理性がないって言い方に思わずむっとしてしまう。

すると新條はなだめるように笑った。

「そういうこともあるって言いたいんだよ。悪かった。さあ君の意見を聞こう」

新條は長い足を組み直し、右の手のひらを見せて話を促した。

俺としてはなんとも話しづらかったが、このまま引き下がるのは癪《しゃく》だ。

それにたとえ新條の言うプライミング効果だったとしても、答えが合っていさえすればいい。俺の主観が歪《ゆが》んでいたとしても道理は道理だ。俺は指を二本立てた。

「まず砂川悟には二面性がある」

「ほう」

新條はむかつく相づちを打った。

「両親を殺す攻撃性を持ちながら、普段はそれを感じさせない大人しさを持っている。そして攻撃性の面は誰も知らない。加えて取り調べの時はまともに感情を表に出さなかったのにもかかわらず、畑中が現場に到着した際は笑っていた」

俺の説明に新條はつまらなそうに前髪を触った。

「笑ったのは光の具合でそう見えただけかもしれないんだろう?」

「まあ、それはそうだが……」

俺は弱気になりそうな心を再び前に出した。

「だけど砂川悟にもう一つの人格。つまり攻撃的で残虐《ざんぎやく》な人格があったとすれば? 俺が現場に行って砂川悟をパトカーに乗せた時、同僚は興奮して見えたと言ったが、俺には落ち着いて見えた。これも中に二人いたのなら説明できる」

「なるほど」

そう言いながら新條は近くにいた小さい方のねこを拾い上げ、抱きながら撫《な》でた。

俺はまともに聞いてくれないことにむかつきながらも続きを告げる。

「他にも砂川立夏《りっか》だけが狙われなかったのもそれで説明がつく。両親を殺したのはもう一つの人格だったが、砂川立夏が下りて来ていた時には元の人格に戻っていた！　だから見つけても追わなかった。実際、砂川悟が姉の立て籠《こ》もる父親の部屋に接近することがなかったのは状況証拠から見ても明らかだ。近づいていたらナイフから落ちた血が部屋の方に向かうはずだからな」

「もしかしたら追ったが無理だと諦めたのかもしれない。床についた血は拭き取ればいい」

「警察を舐《な》めるな。拭き取ったくらいじゃ血液反応は消えねえよ」

「そうなのか。一つ勉強になった。なあソーン？」

ソーンがみゃーおと返事すると新條は笑顔で頭を撫でた。もう一匹のねこ、ダイクもジャンプしてテーブルに乗り、新條の前で横になった。

俺は腹が立って机を叩いた。

「極めつけがお前らの言う無意識だ！　俺の考えでは砂川悟は無意識だったんじゃなくて記憶がなかっただけだ！　多重人格者はもう一人の人格がやったことを覚えていないんだろう？　これも完全に一致するじゃないかっ！」

「たしかにその通りだにゃー」新條はソーンを顔の前に持ってきて腹話術みたいなことを

やりだした。「多重人格には二種類あるにゃー。一つは憑依型《ひょうい》」新條はソーンの左前足を伸ばした。「もう一つは非憑依型だにゃー」次にソーンの右前足を伸ばした。

俺は歯ぎしりするほどむかついていたが、なんとか拳を握って耐えていた。

新條とソーンは続ける。

「道筋《みちすじ》にゃんが言っているのは憑依型だにゃー。憑依型は他の人格が元の人格を支配しちゃうにゃー。怖いにゃー」

新條はソーンをダイクの上に乗せ、ソーンだけを動かした。

「もう一方の非憑依型は元の人格は残っていて、観察している感じにゃー。幽体離脱みたいって言えば分かるかにゃ？」

新條は動き出したダイクの後ろに抱き上げたソーンを持ってくる。

いきなり始まった世界初、ねこによる多重人格の講演会に俺は苛《いら》つきながら頷《うなず》いた。

ダイクは再び止まってその場で寝だした。新條は再びソーンを持ち上げてむかつく腹話術を続行する。

「道筋にゃんの言う通り憑依型は別人格が表に出ている時、元の人格は記憶を失っていることが多いから気づきにくいにゃ。本人が健忘について悩むとか家族が気にして受診しないと中々存在自体が分からない病気なのにゃ」

「なら精神科医が見落としてもおかしくないだろ？」

「可能性はあるにゃ。本人にすら自覚がない場合も多いし、なにより警戒すると出てこないことがあるにゃ。つまり精神科医が疑った瞬間、引っ込んでしまうかもしれないのにゃ」

「そう。俺の考えていたのもまさしくそうだ」

なんかだんだん合ってる気がしてきたぞ。新條の話し方はむかつくけど。

「ちなみにフロイトは解離という概念を認めなかったにゃー。だからこの症状が見つかるのがちょっぴり遅れちゃったのにゃー。偉い人が言うならそうだろうって半世紀くらいみんな思っちゃったにゃー。この業界ではよくあることにゃー」

「フロイトなんざどうだっていい！　俺の推理が違うって言うならそれを証明してみせろよ！」

そこでようやく新條はソーンを助手子に渡した。ダイクは寝たままで、ソーンは助手子の腕の中でぺろぺろと毛繕《けづくろ》いを始める。

「証明はできない。が、おそらく違う」

「なんだよそれ」

俺が納得できずに新條を睨《にら》むと、助手子がやってきてコーヒーのおかわりを注いだ。

新條はそこにミルクを入れ、スプーンで混ぜた。

「そもそも複数の人格が存在する原因は家族関係にあることが多いとされている。子供の頃に暴力的な虐待《ぎゃくたい》だったり、性的な虐待を受けると発症する確率が高くなる。その他にもいじめが原因であったり、大事な人の死であったり、とにかく大きなストレスがかかると心を守るために別の人格が生まれるんだ」

それを聞いて俺は重心を少し後ろに移した。

「虐待……」

「少年の父親はみんなに頼られるような立派な男だったんだろう？　家族旅行にも行き、家に社員を招いたりしている」

「だ、だけど実は裏の顔があるとか……」

「なら祖父か姉が気づくさ。虐待による正当防衛なら無罪になる確率が高いんだから証言するはずだ」

たしかにと俺は思ってしまった。姉の立夏は別に悟を嫌っているわけじゃない。

「それに虐待があったら体に傷が残るはずだ。もちろん調べたんだろう？」

「……ああ。だがなかった」

「性的な虐待の確率はあるが、結婚生活が上手《うま》くいっていたならこちらの確率も低いな。なによりそれがあれば本人から言い出すはずだ。学校でいじめられてたのか？」

「……いや、大人しいから友達はいなかったみたいだけどそれはないって教師や同級生が証言している。教師だけなら嘘の可能性もあるけど、同級生はまだ子供だ。全員が全員警察に嘘をつけるとは思えない」

「大切な人の死というのもなさそうだな。祖父も生きているし、祖母は離婚しておそらくほとんど会っていない」

「……いや、両親とも祖父母は健在だよ。ペットを飼っていたとかもない。いや、だけど」

「それだけで多重人格者ではないと言い切れない？」

先回りされた俺は意気消沈して頷く。だが新條は畳《たた》みかけた。

「他にもある。砂川姉だ。彼女は父親が倒れた音で目が覚め、下の階に下りたんだったよな？」

「……ああ」

「それなら砂川姉が弟を見た時、少年は母親を殺して間もなかったはずだ。君の推理が合っているならその時の少年は別人格。つまり別人だったはずだ。人格が変わると雰囲気《ふんいき》が変わる。行動も言葉遣いも変わるんだ。だが姉は弟を見てそんなことを思わなかった」

「でもそれはもう元の人格に戻っていたのかもしれないし、砂川立夏が母親を殺されたパニックで見落としたのかもしれない」

「もちろんその可能性はある。だがもしそうだとしても少年は自分がしたことを認めないだろう。周りから見れば嘘つきに見えるのも多重人格者の特徴の一つだ。しかし少年は否認していない」

「それは……」

思わず俯《うつむ》いてしまった。

たしかに俺が無意識的に人を殺しても認めることはしないだろう。

「そして」新條はパチンと指を鳴らした。「なによりも少年はこう証言している。『二人を殺さないといけない』と思ったと。憑依型ならこの思考自体がおかしい。非憑依型なら記憶にないわけがない。そのことを隠そうとして嘘をついたならば現場との矛盾《むじゅん》で君達が気づくだろう。なにより少年は犯行自体を認めないはずだ。以上のことから私は少年が多重人格者である可能性は低いとみている。そもそも多重人格者が殺人を犯すケースは極めて稀だしな」

言い返せなかった。たしかにまだ可能性は残っている。だけどそれは最初に持っていた時より随分萎《ずいぶんしぼ》んでしまい、今では見る影もない。風船を膨《ふく》らませても質量が変わらないように、俺は自分の考えを自分の中で増大させていただけなのかもしれない。

そう言えば事件の少し前。深夜に帰宅した俺は寝支度をしながらテレビの映画を見た。

それがジキルとハイドだったかもしれない。いや、記憶は朧気《おぼろげ》だが……。

もしそうなら俺の推理は新條の言うプライミング効果によるものなのか？

分からないが、本当にそうなら無意識とは恐ろしいものだ。

まるで知らず知らずの内に心を蝕《むしば》む透明な毒——

元気だった同僚がストレスでいきなり鬱になって辞めるのもその毒のせいかもしれない。

もしかしたら俺のその内……。

俺が沈黙していると新條は憐《あわ》れむような笑みを向けた。

「落ち込むことはない。さっきも言ったように君の案が合っている可能性はあるし、なにより自分なりに考えて答えを出すことはすばらしいことだ。大体の人間は意見を聞いてその是非《ぜひ》を告げることができても意見を出すことはできない。二つは似ているようで全く違うものなのさ。君は行動した。思考という名の行動をね。そのことを誇るべきだ」

「……合ってなきゃ意味がねえよ」

「そんなことはない」新條は言い切った。「成功とは数多《あまた》ある失敗の先にあるものだ。失敗したということは一つの道を潰したということだよ。それを続けていけばそれがどれほど難問でもいつか成功に辿《たど》り着く。君は前進したんだ。気に病むことは一つもないさ」

新條はそう言って俺に手を伸ばし、頭に触れた。

を上げた。

「よしよし」

まるで母親に励《はげ》まされているような気分だ。俺はそれが情けなくて新條の手を払い、顔を上げた。


「触るな。ちょっと疲れただけだ」

「可愛《かわい》げがないな。そこは大人しく撫《な》でられた挙げ句にハグされる流れだろう？」

「そんな流れはない」

そう言ったが、危うくこいつらのペースに乗るところだった。傷心したら即狙われると思え。こいつらは心理学者とその助手だ。人の心を手玉に取ることはお手の物だろう。

俺が睨むと新條はむっとして「君、今我々を極悪非道の悪漢扱いしただろう？」と言って心を見透かした。

「事実だろうが」

「失敬な！」新條は近くにいた助手子の肩を抱き寄せ、ダイクに手を乗せた。「見ろ！美少女と猫だぞ？　この二つが組み合わさった時点で悪なんて概念は吹き飛ぶんだぞ！」

「なにが美少女だ。お前の歳《とし》を考えろ」

「わー！　ひどい！　今道筋がとてつもなくひどいことを言った！」

新條が子供のように泣きつくと、助手子は主を撫で、ソーンは舐《な》めた。

「大丈夫よ。プロフェッサーの心はずっと美少女だわ」

こいつが一番ひどくないか？

呆《あき》れる俺に助手子は冷ややかな視線を送るが、案《あん》の定《じょう》慰めになっておらず、新條は子供のように泣き続ける。

「わーん！　身も心もずっと美少女でいたかったよぉ～」

中途半端にむかつく自慢だが、昔からこいつを知っている俺は特に気にしなかった。そう。こいつの言う通り気にしたら負けだ。当の本人は実践できてないが、俺はなんとか次に進もう。

こいつの言うことが確かなら、いつかは真実に辿り着けるはずなんだから。

俺は腕時計に目をやった。思ったより時間が経《た》っている。

一応話も終えたしそろそろ帰ろうかと思ったが新條が「お花摘《つ》みに行ってくる」と言って退室した。

なにがお花摘みだと辟易《へきえき》としながら立ち上がった俺は周囲を見渡した。そう言えば助手子の姿が見えない。あの子とは一度話をしたかった。

新條は法や規則などを重要視するとは思えない。バレなければ問題ないと誘拐《ゆうかい》していてもおかしくなかった。

隣の部屋を覗《のぞ》いてみると、そこに助手子はいた。しゃがんでねこ達になにかを話している。近づくとどうやら『お手』をしているらしい。

ねこがお手をするのかと怪しんでいると、小さい方のソーンも大きい方のダイクも言われた通りにお手をしている。俺は驚いて話しかけた。

「ねこのくせに賢いもんだな」

だが反応はない。助手子は聞こえてないように優しくダイクを撫でる。

俺は助手子の隣に屈《かが》んでソーンを抱き上げた。ダイクと違って小さく、色も白っぽい。毛はサラサラしていた。ソーンはみゃーと可愛らしく鳴いた。

俺はちらりと助手子を見る。ダイクを撫でる助手子の横顔は驚くほど整っていて、まるで陶器でできた人形のようだ。静かな雰囲気だがあどけなさを残している。

「……えっと、新條とはどこで会ったんだ？」

助手子は沈黙した。ダイクを撫でる微《かす》かな音だけが聞こえる。気まずくなる俺をソーンがまん丸の目で見つめていた。

なにか話さないと。そう思って口を開いた時、助手子が静かに、それでいてはっきりと聞こえる声で言った。

「雨が降ってたの」

「……雨？」

助手子はギリギリ視認できるだけ頷《うなず》いた。

「暗くて、一人で、だけどソーンとダイクもいて、だからここに来たの」

「………なるほど」

分からない。暗いってことは夜か？　夜一人でいて、ねこもいて、ここに来た……。

やっぱり分からんな。だからこそますます怪しい。

「じゃあ歳は？　あと名前も」

「十八歳。助手子」

「いや、助手子はあいつが付けたあだ名だろ？」

するとそこで初めて助手子は俺を見た。純粋で吸い込まれそうな瞳に俺が映る。

「大事なのは心だってプロフェッサーも言ってたわ。だからわたしは助手子なの」

なんだろう。そう言われるとなんだか正しいことのように聞こえる。

だけど十八歳は補導の対象年齢だ。家出の場合は生活安全課に報告しないとな。捜索願が出てるかもしれない。その場合も含めて名前は知っておきたかったんだが。

俺がそんなことを考えているると助手子はまたねこに向き直し、撫で始めた。

「あなたは人の外側ばかりが気になるのね」

そう言う助手子はどこか寂しげだった。

俺はなんとも言えない気持ちで眠たそうに目を細めるねこ達を眺めていた。


新條が戻ってくると俺達は助手子とねこを残して階段を下りた。

聞くかどうか悩んだが、やはり気になるので聞くことにした。

「……あの子はなんなんだ？」

「助手だよ。可愛い可愛い助手子だよ」

「そうじゃない。どこから連れて来たんだって聞いている」

新條はつまらなそうに笑って肩をすくめた。

「どこだっていいじゃないか。君はくだらないことにこだわるな」

「くだらなくねえだろ。未成年の誘拐は立派な犯罪だぞ」

「助手子は本人の意思でここにいる。法的にも問題ないさ」

「本当だな？」と俺が尋ねると、新條は面倒そうに「ああ」と頷いた。

なら報告はしないでおくか。だけどこいつは平然とルールを破るからな。なにかあった時は俺がとっ捕まえないと。

警察官としては一応納得した俺だったが個人的に気になることがまだあった。

「……随分《ずいぶん》変わった子だな。静かなのに幼いって言うか」

「人は誰もが変わってるさ。我々はクローンじゃないんだ。違いがあるのは当然だよ」

「そういう事を言ってるんじゃない。なんて言うか……本当に十八歳か？」

「それは間違いない。きちんと確認した。あの肌のきめ細かさは間違いなく十八歳だ」

どんな確認の仕方だ。本気で捕まえるぞ。

怪しむ俺を見て新條はやれやれと嘆息《たんそく》した。

「珍しいことじゃないさ。実年齢より幼くなるのは退行と言ってね。これもフロイトが見つけたことなんだが、まあ簡単に言えば防衛反応だ」

「防衛反応？」

物騒な言葉に俺は思わず聞き返した。新條は静かに頷く。

「ああ。助手子は虐待《ぎゃくたい》されていたんだ」

いきなりとんでもない言葉が飛んできて俺は閉口した。変わっているとは思ったが、そんな過去があったなんて考えもしなかった。

黙りこくる俺に新條は肩をすくめた。

「あの子の両親はとても真面目《まじめ》だった。温和で娘を大事にする。そういう風に思われていたんだ。だが実際は違った」新條は嘆息した。「私立の小学校の受験に失敗してから躾《しつけ》と称してあらゆることを強制したんだ。言うことを聞かなければ食事を与えなかったり部屋に閉じ込めたりしてね。だが周りの大人達は誰もそのことに気づかなかった。二人とも高学歴できちんとした職についていたし、社交性もあったからだ。そんな両親から逃げ出したのが十一歳の時だ。助手子が保護された時には痩せ細っていた。両親は逮捕され、ちょっとした話題になった。それからあの子は児童養護施設で育ったんだよ」

その話を聞いて俺はハッとした。さっき助手子が言っていたことを思い出す。

人の外側に興味がないみたいだったが、そうなるのも当然だ。

社会的に評価される両親を見て、助手子は世界への信頼を失っていったんだろう。

そして児童養護施設には十八歳までしかいられない。点が線で繋《つな》がっていった。

新條は静かに続けた。

「退行自体は珍しくはない。大人にだってよく見られる。普段は真面目な人が休日になるとテーマパークで馬鹿みたいにはしゃぐのもある意味では退行だ。だがあの子の場合、精神的な年齢が虐待を受けた六歳前後で止まっているんだよ。おそらく人生においてもっとも安心でき、幸せだったのがその年齢だったんだろう」

「なんでそんなことになるんだ？」

「退行そのものは受け入れがたい現実から逃れるために起こる現象だ。ヴァイラントの防衛機制レベルは2。これが深刻になるとレベル1になり、君の好きな人格の分裂などが起こると言われている。おそらくだが心の傷はまだ完全に癒《い》えてないんだろう。だから無意識的に退行を選択しているというのが私の予想だ」

「また無意識か……。厄介《やっかい》だな……」

「君も少しは分かってきたようだね」

新條は嬉しそうにして玄関に下りた。俺も続く。

「でもそんな過去があるわりに、お前には懐いてるんだな？」

「助手子が信じられるのは本物の愛だけだ。上辺だけの言葉や行動には反応しない。試されているのは我々なのだよ。オフィサー」

「……なるほど」

俺が靴を履《は》き終わると新條は右手を伸ばした。

「またいつでも来てくれ。時間が合えば話を聞こう。遊んでくれるなら助手子も喜ぶよ」

「……そんなに暇じゃねえよ。だけど今日は助かった。また連絡するよ」

俺は帰ろうとしてから一番肝心《かんじん》な点を聞いてないことを思い出し、踵《きびす》を返した。

「そうだ。結局お前は砂川悟をどう思ったんだ？」

するとさっきまで笑っていた新條の瞳に微かな真剣さが見えた。

「さてね。多重人格者ではないと思っているが、エディプスコンプレックスという線も怪しいな。今のところこれといった答えは出てないよ。だが」新條は小さく笑った。「少し分かりかけてはきている」

「本当か？」

「ああ。私の予想が正しければこの事件はとても複雑な心理が関係している。一人一人の心が絡み合い、引き起こっているように思えるよ」

あまりにも抽象的な意見に俺は少し苛《いら》ついた。

「ちょっと待て。分かったなら言ってくれよ」

「まだ分かってはいない。予測の段階だ」新條はかぶりを振った。「それに君達はこの事件の全てを知った気になっているようだが、それは些《いささ》か早計だよ。だから矛盾《むじゅん》が生じる。私は学者だからね。不完全なまま自分の意見を外に出すことはしないんだ。きちんと確証を得たら、その時は迷わず君に伝えるよ。そのためにもうひと頑張りしてくるんだな」

「頑張るってなにを頑張ればいいんだ？」

「いつだってそれが一番の問題さ。結果がついてくると分かれば人は頑張れる。だがこの問題についてはなにをどうすれば答えに結びつくか分かりにくい。そんな時は」

「そんな時は？」

「がむしゃらにやるしかない」

前のめりになっていた俺はがくりと肩を落とした。

「なんだよそれ……」

「君は刑事だろう？　なら足で稼《かせ》げ。近道は楽だが、得るものは少ないぞ」

新條はつまらなそうにそう言った。

俺はもう一度なにか分かったのなら教えてくれるように頼んだが、新條は首を縦に振らなかった。

こうして俺達はなんとも歯がゆい別れを迎えた。


翌日。

俺は出勤してもあまり仕事に集中できなかった。

頭の中は砂川悟のことばかりだ。あとたまに助手子を思い出してなぜか悲しくなり、新條を思い出しては腹が立った。

あいつ。答えが分かったような言い方しやがって。分かってるなら教えろよ。

そもそも本当に分かってるのか？　ただそんな風を装《よそお》ってるだけじゃないだろうな。

答えはウェブで。詳細はＣＭの後で。この二つは俺が大嫌いな言葉だが、新たに予測の段階だ、が加わりそうだ。

せっかく貴重な休日に専門家を訪ねたんだ。これじゃあ収穫が少なすぎる。だけどそれを言うと近道しようとするなって窘《たしな》められるし。

一方であいつの態度からある程度のヒントは得られる。

まず第一にどうやら俺が持ってきた情報だけでおおよその方向は見えてくるらしい。

第二に俺の情報だけじゃそれを確信はできない。

つまり俺には見落としている点があり、それが分かれば真実に近づけるってことだ。

加えて新しい情報を得られれば新條も自分の意見に確証を得られるところまで行ける。

なら俺にできることはもう一度事件について考えつつ、新たな情報を得るために調査することだ。地味だがこれを続けるしかない。

だけどここ数ヶ月ほぼ毎日考えているのに分からない問題をそう易々と解けるほど俺の頭は柔らかくなかった。

俺は完全に行き詰まっていた。そしてこの状況はここにいて考えていれば打破できるわけじゃない。そんなに簡単なことならとっくに分かっているはずだ。

やり方を変えないといけない。そう思った俺は立ち上がった。

「聞き込み行ってきます」

たしか最近餅猫町《もちねこ》で強盗事件があったはずだ。あの町へ行けばなにか見つかるかもしれない。

俺は一縷《いちる》の望みを胸に兎《と》にも角にも行動を起こした。

五話

chapter 5

人の少ない地方の警察署は聞き込みも単独でやることがある。

俺はそれを利用して砂川《さがわ》家の事件が起きた隣町にやってきた。

刑事は二人組。ドラマの影響でそう思っている人を安心させるため、聞き込みの際には手帳を見せ、名刺を渡す。でないと詐欺《さぎ》なんかと間違われて通報されることがあるからだ。

実際畑中《はたなか》はそれで三回も通報されている。詐欺被害に遭《あ》うくらいならその方がいいけどな。

都市の警察署なら物量で押せるけど、万年人手不足のうちじゃあ大きな事件の初動捜査でもない限りそれは難しい。

それこそ砂川家の事件の時は周辺からの応援もあってすごい人数で捜査ができた。情報もかなり得られたはずだ。

事件解決が早かったとはいえ、足りていないとは思っていない。

だが新條《しんじょう》はそれを否定した。

まだ得られていない情報がある。それは一体なんなのか。俺はいくつか予想を立てながら先々日あった強盗事件の目撃者を捜した。

新條の言う通り、人の記憶ってのはあっという間に劣化していく。事件後すぐに聞き取りをすれば細かな情報まで分かったりするが、少し間を置くと語尾に『だった気がする』がついて回るのだ。

それもあり初動捜査はかなり重要になってくる。今回の強盗も早々に手がかりを得られなければあとは将来なんらかの事件で犯人が捕まった時の余罪くらいでしか起訴できないだろう。

二日前ですらそうなんだ。何ヶ月も前となると、それも解決した事件となれば難易度は格段に跳ね上がる。

俺が新條に本来は禁止されている捜査情報を話したのもこの点があった。

正攻法じゃだめだ。真実を得るためには背に腹は代えられない。

自己満足だと言われるかもしれないが、真実が曲がったまま事実とされるのは社会的にも損失なはずだ。この事件の真相が分かればそれを後の捜査に利用できるかもしれない。

俺はそう自分に言い聞かせて、砂川家の周辺にまで車を走らせた。

久しぶりに見た砂川邸は前に見た時と比べてかなり寂れて見えた。

初めて見た時にあった華やかさは失せ、むしろ大きくて広い分虚《むな》しさを覚える。

仕事柄孤独死の家に出向いたりするが、大抵家は小さいし部屋は狭い。だからこそ異質なところはそこだけに感じて、外に出れば開放感があるもんだが、ここは外からも妙な圧迫感を覚える。

立ち入り禁止を示すように門には鎖が巻かれ、中はあまり見えないようになっている。だが垣根《かきね》の隙間《すきま》から見える庭は雑草だらけで荒廃していた。悲しいことに車が二台入るガレージには落書きもある。悪魔だとか死ねとか書いてあった。これは一月前に来た時にはなかったものだ。

そんなに大きい町じゃないから町人の誰もがここを知っていて、そしてこの事件を知っている。

彼らの心理的な阻害《そがい》が感染したせいか、まるで家全体が透明になったような感覚に陥《おちい》った。コロナのせいで人通りが少ないせいもあるんだろうが。

ここで砂川夫妻は息子に殺された。

取り壊す予定はあるのだろうか？　たとえ取り壊されて土地だけになったとしても、まだしばらくは買い手が見つかることはないのだろう。

いや、確かに土地は祖父の所有だったはずだ。ならあの屋敷はどうなるんだろう？　どちらにせよ遺産を受け取るのは一人残された娘の立夏《りっか》か。

まだ若いし、地元に未練なんてないだろうからさっさと金に換えてしまうかもしれない。そうなれば中に入ることは困難だ。できるならもう一度だけ中に入ってみたい。今ならなにか発見がある。そんな予感が俺にはあった。でもそれがなんなのかは皆目見当も付かない。

俺は一人で舌打ちした。くそ。新條の笑い声が聞こえる。

分からないならまた聞きに来ればいいのにと言っている気がしてならない。

このまま何の収穫もなくおめおめとあいつの元へ戻ったらそれこそ思う壺だ。最悪抱きしめられて君はやっぱり私がいないとダメだなとか訳の分からないことを言われる。

そんな経験が俺にはあった。そうなる前に考えなければ。

俺は砂川邸とその周囲を見比べた。土地の広さに二倍の差がある。おそらく元は二つの家が建っていたところを買い取って垣根を取っ払ったんだろう。

常人にはできない発想だ。さすが会社経営者。

だがあの夜の惨劇《さんげき》で悲鳴を聞いた者は誰一人いなかった。隣の家も向かいの家も事件が起きたことなど分からなかったと言っている。警察が来て初めて分かったとも。

少なくとも悲鳴が上がる機会は三回あった。

一度目は砂川晋作《しんさく》が殺された時。この時殺された本人や近くにいた妻の若菜《わかな》が叫んでもおかしくない。

二度目は砂川若菜が殺された時。これは殺された若菜本人が叫ぶ可能性が高い。女性の叫び声は高いからよく通る。若菜が一階のリビングで殺されていたから叫べば周囲の家に聞こえたかもしれないが、誰も聞いていない。

三度目は両親の死体を見た時の砂川立夏だ。本人は衝撃的で言葉が出なかったと言っていたが、普通の女子高生ならワーキャー言いそうなもんだけどな。

とにかくあれだけの惨劇なのに周囲の人間は誰も気づけなかった。いくら家が大きいとはいえ、深夜だから騒げば気づいたはずなのに。

誰もが声を出せないほどの衝撃を受けた。あるいは……。

イヤな予感がした。

妙な作為を感じる。そしてその作為はある可能性を直感的に伝えた。

俺達警察はもしかして犯人を間違えているんじゃないのか？

そんな最悪の予感が脳裏《のうり》を過《よぎ》った。

……いや。ありえない。

あれだけの刑事が捜査したんだ。それに鑑識からも異議が出なかった。姉の立夏の証言も、それを助けた祖父の総一郎《そういちろう》の証言も、捕まった悟《さとる》も、その全てが犯人を物語っていた。完璧《かんぺき》すぎる状況証拠が揃《そろ》ってるんだ。この状況で俺達が間違えるわけがない。

だがもし間違えているとしたら？

その時は砂川悟が嘘を言っていることになる。悟だけじゃない。少なくとも立夏もそうだ。総一郎は分からないが、その二人は確定になる。

そして、恐ろしいことに俺は砂川悟が嘘をついていることを確信していた。

ゾッとした。九十九パーセントありえないのに、残りの一パーセントを否定できない。事件なんてそんなものと言えばそれまでだが、それは本来被疑者側が言うべきことで、警察や検察が持ち出すことではない。

イヤな汗が流れた。どう考えてもその可能性は低いのに、一度考え出すと実はそうなんじゃないかと思ってしまい、思考が終わらない。

何度も確認したはずなのに、ふと思い出すと石油ストーブを付けっぱなしだったような気がするみたいだ。ありえないがもしそうだったら炎上だ。いや、だとしても炎上の可能性は低い。普通なら灯油が切れて運転が止まる。

だけど万が一最悪が重なったら。そんなことばかり考えてしまう。

その場合、犯人は砂川立夏になる。いや、砂川総一郎の可能性もある。

もっと言えば被害者だって除外できない。

それとも捜査線上に浮上していない第三者がいるのか？　もしくは全て事故だった？

……ダメだ。分からない。

屋敷の持つ魔力だろうか。俺は完全な疑心暗鬼に陥っていた。なにか大きな者の手のひらで踊らされているような感覚が離れない。

視界がぼやけてきたところで俺は目を瞑《つむ》り、深呼吸をした。

……馬鹿か。あるわけないだろ。惑わされるな。俺を惑わすのはいつだって俺だ。俺の迷いがありもしない可能性を膨《ふく》らませる。

新條も言ってたあれだ。プライミング効果だ。

いつも仕事で他人の悪意に触れている俺が物事を真っ直《す》ぐに見られると思うな。客観的になれ。でないと事件は解けないぞ。

俺は自分にそう言い聞かせ、幾分落ち着いた。落ち着くとやるべきことが見えてくる。

今やるべきは聞き込みだ。時間があるわけでもない。できる限り情報を集めるんだ。

そう思った俺が振り返ると、そこで見知らぬ女と目が合った。

若い女だった。

大きめの白いブラウスにブラウンのスカートを穿《は》いている。服装こそ少し大人びているが、顔つきといい目つきといい、まだ幼さが抜けていない。

俺が話しかけようとしたところ、逆に話しかけられた。

「りっかの親戚《しんせき》の人ですか？」

「え？」予想外の問いに俺は少し戸惑った。「あ、いや、まあ……」

どうやら砂川立夏の知り合いらしい。俺が言葉を濁《にご》していると女の子は言った。

「立夏ならいませんよ。今東京らしいです」

「あ。そうなんだ……」

俺があまりにも神妙な顔で砂川邸を見つめていたから親戚と勘違いされたみたいだ。まあ情報が得られるならなんでもいいか。

「君は立夏……ちゃんとどんな関係なんだ？」

「友達です。中学からの。高校も一緒でした。今は地元の短大に行ってて、でもコロナなんでオンラインなんですよ。だから暇で、運動がてらにお散歩中です」

「それは良い心がけだ」

正直、これくらいの歳《とし》の女の子は苦手だ。話が合わないからどう接していいか悩む。

だが一方でこの子は貴重な情報源だ。もちろん砂川立夏の友達にも聞き込みはしたが、さほど大した情報は得られてない。

「えっと、君は立夏ちゃんと同じクラスだったの？」

「はい。そうです」

「あの、事件のあとなんだけど、立夏ちゃんの様子はどうだった？」

事件と聞いて女の子から警戒心が感じられた。見えない殻が生まれていく。

「……さあ。あれから立夏あんまり学校に来なかったから」

「でも来てなかったわけじゃないいんだよね？」

俺が少し強めに言うと、女の子に緊張が見えた。

「はい……。えっと、悲しそうでした……」

そりゃあ両親を殺されたらそうだろう。

「他には？」

「え？　あー、えっと、みんな心配してて。ほら。立夏って美人じゃないですか。だから週刊誌とかにも追われてて。あたし達は心配しないでって励《はげ》ましてました」

「そしたらなんて？」

「なんて？　えっと………。あ……。あたしは大丈夫だからって言ってました。でも悲しそうで。それから学校来なくなって、みんなでＬＩＮＥとかして心配してました」

「今でも連絡取ってる？」

「まあ、たまに。でもほとんどないです。多分あっちで友達ができたんだと思います。あ、でも、この前留学するかもって昔からのグループＬＩＮＥに来てて。それでやっぱり立夏はすごいなあってみんなで話してました。あんな事件があったのに頑張ってて。立夏は昔からなんでもできたから、あたしは絶対芸能人になると思ってました」

なんでもできたら芸能人になる道理は分からないが、俺は「へえ」と相づちを打った。

大した情報は得られそうにないな。俺が切り上げようとすると女の子は続けた。

「あたし、昔からずっと立夏が一番だと思ってたんですけど、最近はなんか違うのかなーって」

「違うってなにが？」

「なんて言うか、自信がないんですよ。昔はあれだけあった自信が。それを聞いたら、あたしよりすごい人なんていくらでもいるからって言って。やっぱりレベルが高い大学だとあの立夏でも埋もれちゃうんだなって。でも全国模試で五十位以内に入ってたんですよ？なのに自信がなくなるってどんだけなんだろうって思いました」

「両親が亡くなったんだ。多少日和《ひよ》ってもおかしくないと思うけど？」

「それはそうですけど………。でも立夏は元々早く自立したいってタイプだったから」

自立？　待てよ。

「えっと、そのことで立夏ちゃんは両親と喧嘩《けんか》とかしてなかった？」

「え？　ああ、まあ。立夏のパパは反対してたみたいです。娘が心配だって言って」

やっぱり。

「昔からそうなの？」

「みたいですね。門限も厳しかったし。彼氏も紹介できないって言ってました。それで地元の大学にしろって言われてたみたいで。結局パパの方が折れたそうですけど」

「へえ。そこまで子煩悩《こぼんのう》だったとは知らなかったな」

俺は思わずメモを取りそうになってやめた。そうだった。今は砂川立夏の親戚なんだ。

女の子は笑った。

「それでも立夏はパパのこと好きだったし、いつもすごいって尊敬してました。でもママのことはそうでもなかったみたいだけど」

「え？　普通女子高生なんて母親と仲が良くても父親と悪いもんじゃないか？」

「普通はそうですけど。ほら。立夏のママってパパにすごく尽くしてたじゃないですか。あれが嫌いだったみたいですよ」

自立心が強いからこそ、母親といえど誰かの下につく人間が嫌いだった。そんなところか。自立したいからこそ好きな父親とも上京のこととなると喧嘩したんだろう。

「道理に合うな。良いことだ」

「え？」

「いや、こっちの話だ。あの、最後に聞いておきたいんだけど、立夏ちゃんは悟くんについてなにか言ってなかった？」

「弟くんですか……」

砂川悟の名前が出た瞬間、一度溶けかけていた氷がまた凍り出した。女の子は警戒しながらも元々話すのが好きらしく、教えてくれた。

「立夏は弟くんのこと可愛《かわい》がってたんです。すごくってわけじゃないけど気にかけてて、たまに二人で遊んだって言ってました。……でも事件のあと、一度だけ弟くんの話になったんですけど、その時の立夏はすごく、なんて言えばいいか分からないですけどすごく変だったんです」

「両親を弟に殺されれば当たり前だと思うけど」

「いや、もちろん当たり前なんですけど、ちょっと違ったって言うか……。立夏言ってました。『あいつがあんなことできるとは思わなかった。怖かった。必死だった』って」

弟が両親を殺して、しかもそれから逃げてるんだ。それが当然の感想だろ。

「……えっと、俺には変なところが見つからないんだけど」

「ですよね……」女の子は諦めるように苦笑した。「多分、分かったのってあたしくらいだと思います。結構付き合い長いし。でもやっぱり変だったんです。怯《おび》えてるんですけど、同時に怒りもあるみたいな。でもなんかそれがおかしいんです」

抽象的すぎて分からない。証言者の中には必死に説明しようとしてかえって現場を混乱させてしまうタイプがいる。この子はそれかもしれない。

だがこんな意見でも今の俺には貴重だ。俺は少し悪い気がしながら名刺を出した。

「悪いが親戚というのは嘘でね。実は刑事なんだ」

俺がそう言うと女の子は目を丸くした。

「大丈夫。なにもしない。ただあの事件が気になっていてね。少し調べてるんだ。だからもしまたなにか思い出したらここに連絡してくれないか。いつでもいい」

俺はそう言って携帯の番号を名刺に書き、女の子に渡した。女の子は名刺を見て大人しくなる。かと思ったら決意を秘めた目で俺を見上げた。

「立夏を疑ってるんですか？」

「え？　いや――」

「だったら違いますよ。立夏は絶対にそんなことしません。あの子は強いけど弱くもあるんです。もし本当に立夏が犯人だったら今頃自首してますよ」

「……そうかもな。俺もそんな気がする」

俺が同意すると女の子はきょとんとした。

「え？　あ、はい……」

「騙《だま》して悪かった。じゃあ、分かったことがあったら」

俺は軽く会釈《えしゃく》すると車に戻った。

人にはやれることとそうでないことがある。やれることは緊急時にある程度増えるけど、本当にやれないことはどんな時にもやれないもんだ。

俺の見立てでは砂川立夏は殺人ができるほどの根性はないし、やったあとにどうなるかを考えられないほど馬鹿でもない。まして弟を犯人に仕立て上げられるほどの冷酷《れいこく》さも持ち合わせてないだろう。

たしかにあの子は優秀かもしれない。だけどその優秀さは世間の認める範囲内でだ。

学校や会社や組織では成果を上げられても、あちら側で成果を上げるには優秀さ以外にも必要な要素がある。

情。それを絶てるかどうか。

俺も会ったがあの子にはできない。そういう点では普通の女の子だ。

そう。砂川立夏は十八歳の女の子なんだ。そんな子に完全犯罪なんてできるわけがない。

真実に近づいたような気がしたら遠ざかるような気分だ。

名前も聞かないままだった女の子の後ろ姿を見ていると俺はふと思い出した。そう言えば助手子《じょしゅこ》も十八歳だと言っていた。

同じ十八歳でもあの子みたいに普通の女子大生もいれば、砂川立夏みたいに両親を亡くした子もいる。そして助手子みたいに重い過去を背負いながら働いている子もだ。

それはある意味当たり前のことで俺にはどうしようもないことだけど、なんとなくやるせない気持ちになる。

この世界が平等でないのは知っていたけど、それをまざまざと見せつけられると嫌気が差してきた。ならせめて俺くらいはと慣れない思考が湧き出てくる。

「…………また時間が空いたら一緒にゲームでもしてやるか」

俺は独り言をこぼすとエンジンをかけて車を走らせた。

「犯人逮捕を祝いましてー。かんぱーい！」

不揃《ふぞろ》いのグラスがぶつかると中で発泡酒《はっぽうしゅ》がちゃぷんと揺れた。

俺が聞き込みをしていた強盗犯は別件で捕まり、そのまま白状して御用となった。

最近の俺はどうやら暗かったらしく、畑中と恋宮《れんぐう》先輩に誘われ、俺は渋々畑中のアパートまでやってきた。

コロナだし、どこで誰が見ているか分からないので居酒屋ではなく宅飲みだ。

近くのスーパーで酒とつまみ、俺と畑中は腹が減っていたので弁当も買ってきた。

細いわりによく食べる眼鏡《めがね》の畑中はオムライスと幕の内弁当を食べながら尋ねた。

「なんか最近の道筋《みちすじ》さん疲れてますよね？」

「まあ、忙しいからな」

「それはそうですけど。ちょっと心配だったんですよ」

「お前が俺になんの心配をすんだよ？　それより自分の心配しろ。今のままだとあっという間に後輩が追い抜いてくぞ」

「それはまあ、頑張ります……」ミスの多い畑中はしょぼんとしてから顔の前で手を振った。「いや、じゃなくて。辞めるんじゃないかって思ってたんです。ねえ？」

畑中はウイスキーを飲む恋宮先輩に聞いた。こう見えて酒豪《しゅごう》の恋宮先輩は苦笑している。

「べつにそこまでは言ってないけど、なんか元気がないなと思っただけよ」

「そうですか……」俺は心配をかけていたみたいでばつが悪くなる。「でも大丈夫です。

考え事はしてたけど辞めようとか思ってないし、それにこの歳《とし》から民間でやるのもあれですしね」

「そうよね。もう少し若ければ辞められたかもしれないけど、もう無理よね。もちろんやりたいことがあるなら別だけど」

　恋宮先輩はそう言いながらダルマの瓶《びん》を軽くしていく。

「どうなんでしょう。俺はこの仕事が性に合っていると思ってるんですけど」

「自分がそう思うならそうなんでしょう。仕事はやりたいことより合ってることの方が大事だと思うわ。夢を追い求めない限りね」

「夢ですか……。そう言えばそういうのってないかもしれませんね」

「満たされてるからよ」

「だといいですけど」

　俺が肩をすくめると恋宮先輩はロックのウイスキーをごくごくと飲んだ。

　それを見て俺と畑中は苦笑する。畑中はチューハイをちびりと飲んでこっちを向いた。

「でも考え事ってなんですか？　もしかして、結婚とか？」

「誰とだよ？」

「誰って。それは知りませんけど。でも言ってたじゃないですか。今度知り合いに会いに行くって。あれって遠回しに遠距離で付き合ってる彼女にプロポーズしに行くってことかと思ってました」

「思うなよ。お前はドラマチックな阿呆《あほう》だな」俺は発泡酒をちびりと飲んだ。「ただの同窓生だよ。ちょっと聞きたいことがあっただけだ」

「同窓会っすか？」畑中はニヤリと笑う。「そういうのから付き合うとか多いですよね」

俺は女子大生みたいな発想しかできない後輩に呆《あき》れてため息をついた。

「そんなんじゃねえよ。そもそもあいつは…………」

俺はそこまで言って閉口した。

「あいつは？」

「…………苦手なんだよ」

「へえ。意外ですね。道筋さんがそう言うのって。先輩って年上も年下も上手《うま》い具合に付き合っていける人だと思ってたのに」

「褒《ほ》めてんのかそれ？」

「褒めてますよ。ちなみに僕は後輩に舐《な》められるタイプです。先輩からは可愛がってもらえますけどね」

「よくそれを俺らに言うな」

そうは言ったもののこいつはそういう奴だ。簡単に言えば誰からも奢《おご》ってもらえるタイプの後輩、部下だ。付き合いが良いしおだてるのも上手い。

俺がこれ以上聞かれるのが面倒になっているとほんのり頬《ほお》を染めた恋宮先輩が笑った。

「でもそうよね。道筋君が人に対して苦手って言うの初めて聞くかも」

「そうですか？　べつに普通にありますよ。前の課長とか嫌いでしたし」

「古いタイプの人だったしね。でもそれは嫌いでしょ？　苦手とは違うじゃない」

たしかにと思った。嫌いな人は何人か思いつくけど、苦手な人はあいつだけだ。

あんなことがあったら普通嫌いになってるはず――。俺はハッとして口に手を当てた。

「……まさか。俺、操られてるんじゃ………」

「え？　なに？」

「……いや。こっちの話です」

ありえない話じゃない。あいつは心理学者だ。心を操るくらいわけないだろう。（偏見）

思わせぶりな言葉も阿呆な言動も全部は俺を思い通りに動かすためだったら。そもそも事件に悩んで俺があいつの家を訪ねたことすら不自然に思える。ああ。高笑いが聞こえる。

酒が入って鈍った頭はそんな考えをぐるぐると巡らせた。

黙り込む俺を見て恋宮先輩は面白そうにした。

「ねえ。もしかして彼女？」

「ちがいます」

俺はそれだけは絶対ないと全力で否定した。恋宮先輩はつまらなそうにグラスにウイスキーを注いだ。

俺があいつに会ったのは会いたかったからじゃない。砂川悟の事件を納得するためだ。

そりゃあ気にはなっていた。あいつが今なにをしてるか。だけどそれは一種の郷愁《きょうしゅう》であり、甘ったるい感情じゃない。

俺は少し悩み、知り合いの専門家に少年犯罪における加害者の心理状態を聞きに行ったと説明した。もちろん機密情報を話したなんてことは言わずに。

すると先輩は意外そうにグラスの中で氷を回した。

「そう。道筋君がそんなにあの事件を気にしてたとはね……」

「いや、僕は分かりますよ。やっぱりあの事件はおかしかったです」

畑中はなにかを思い出して青ざめる。

「たしか畑中君は言ってたわよね。砂川悟を見つけた時笑ってたたって」

「はい……。みんなに見間違いだって言われて、あの時はそうかなって思ってたんですけど、今思えばやっぱりあれは笑ってたように思えるんです」

「どんな風にだ？」と俺は尋ねた。

「どんなって？」

「嬉しそうにしてたか？　それとも狂気じみてたのか？」

「え？　う〜ん……。そう言われると……」畑中は腕を組み目を瞑《つむ》って考え、そして目を開けた。「……さわやか？」

「……は？」

さわやか？　両親を殺したのに？　犯行が見つかって人生が終わったのに？

一体どんな神経してたらそんな感情が芽生《めば》えるんだよ。

俺はふいに血にまみれながら楽しそうに笑う砂川悟をイメージしてゾッとした。

もしかして俺が思う以上の狂気を砂川悟は身に付けているのか？　笑ったってことは意図的だったってことだ。じゃあ無意識的な殺人は嘘で、本当は別に動機があった。でなきゃ笑わないだろう。

深淵に手を突っ込んだように一人青ざめる俺の隣で恋宮先輩は苦笑している。

「そんなわけないでしょ。悔《くや》し紛《まぎ》れだとかなら分かるけど、やっぱり君の見間違いよ」

「そうなのかなあ。そう言われるとそんな気もしてくるんですよねえ」

畑中は頭の後ろを掻《か》いて照れながらへらっと笑った。

こいつの言ってることはあてにならない。本当に笑ってるのを見たのか？　それがさわやかだったのか？　そのどちらも怪しく思えてくる。

だけどそれは俺がそんなことあるわけないと思っているからかもしれない。新條の言ってたことが本当なら人は自分の思いたいように思うんだから。

でも思い直してやっぱりあったと言うんだから確証は高い。これが畑中の言葉じゃなかったらだけどな。俺は畑中を睨《にら》み付けた。

「おい。どっちなんだよ？」

「え？　それは……。見た気がするんですけど……。でも勘違いって言われそうだし」

俺がイライラしていると畑中は取り繕《つくろ》ったような笑いを浮かべた。

「道筋さん。怖いですよ……」

「お前がはっきりしないからだろ」

俺はため息をついた。俺にとっては気になる事件でもこの二人にとっては終わった事件だ。熱量が違うのは仕方がない。畑中からすればどうでもいいんだろう。

まあでも砂川悟を一番最初に発見したのはこいつだ。一応覚えておこう。

「他にはなにかなかったか？　確保する時暴れられたとか」

「全然ないです。手錠《てじよう》かけたのは一緒にいた先輩だったんですけど、大人しかったですよ」

「凶器はどうした?」

「ナイフを持ってるのが見えて、それを捨てろって言ったらすんなりと捨てました」

聞いてた通りか。そこから先は俺も現場で見てる。取り調べは恋宮先輩だけど、調書も読んで詳しく聞いたから取りこぼしはないだろう。

これ以上の情報はなしか。そう落胆《らくたん》した時、畑中が何か思いついたような顔をした。

「あ。そう言えば」

「なにか見たのか?」

「え? いや、僕は見てないですけど、聞いたんです」

「誰から?」

「ホームレスですよ。ほら。あの河川敷に住んでるおじさんの。この前盗品の財布を売りに来たって通報されて僕が質屋に行ったんですけど、取ってない、落ちてたのを拾っただけだって言い張って。悪い人じゃないんですけどね。捨てられたものとか拾って売って小銭を稼《かせ》いでるんです。それが今回は盗品で。多分スリが川に捨てたんでしょうね。で、僕がもうしないでくださいよって言ったら、捕まえるのは勘弁してくれ。代わりに情報をやるからって言ってきて」

「それが砂川悟のことだったのか?」

「はい。銭湯に行った時、テレビで見たって。でも大したことない情報でした。捕まった子供が河川敷で秘密基地を作ってたとかどうとか。子供だったらそれくらい普通ですし、終わった事件なんで報告しないでいいかなって思ってたんですけど、ダメでした?」

「お前な。そういうのは自分で判断せずに上に報告しろよ」

「ですよね……。すいません……」

畑中はしゅんとするがこいつは怒られ慣れすぎていて本当に分かってるのか怪しい。

だけど秘密基地か。そこを探せばまた別の情報が出てくるかもしれない。そうすれば真実に辿《たど》り着ける可能性はある。

「その秘密基地ってどこにあるか分かるか?」

「え? 探すんですか?」畑中は驚いた。「知らないですけど、多分聞けば分かると思います。でも会えるかな」

あの人達は行動範囲広いからな。だけど情報が増えるならなんでもいい。また今度会いに行ってくるか。警察だって言えば多少は協力してくれるだろう。

恋宮先輩は自分で酒を注ぎながら楽しそうに言った。

「秘密基地か。お兄ちゃんが作ってたわね。入らせてくれなくて泣いた覚えがあるわ」

意外だった。先輩が泣くところは想像できない。あと妹だったことも。

「へえ」畑中が相づちを打つ。「僕も子供の頃作ったなあ。近くの空き地にボロボロの車があって、そこの中にお菓子持ち込んでゲームとかしてました。今思えばわナンバーだったから通報した方がよかったですけどね」

わナンバーはレンタカーだから盗難車だろう。車。車と言えば。

「砂川総一郎がうちの警察署に来た時、なんで近くの交番に行かなかったんだろうな？」

「え？　それはだから焦っていたからって証言してるじゃないですか」

畑中は今更なんだと言いたそうな顔だ。

「だけど砂川総一郎はかなりの間この町に住んでるんだぞ？　それに砂川邸からなら町にある交番の方が近い。わざわざ川の近くを通ってうちまで来なくてもいいだろ？」

自分で言っていてハッとした。砂川悟の秘密基地もあの川沿いにある。そして祖父の総一郎はわざわざその近くを通っている。

これは偶然か？　いや、なにかある。だけどなんだ？　逃げた二人が河川敷に行ってなにが起きる？

俺が考えていると恋宮先輩は呑気《のんき》に笑った。

「もしかして交番に行っても警官がいないと思ったんじゃんない？　ほら、今は人手が足りなくて電話だけ置いてるところも多いじゃない」

「いや、そこまで頭が回ってるなら自宅に戻って通報した方が早いし確実ですよ。大体河川敷からでも交番の方が近いんですから」

「そう言われればそうだけど。でもやっぱり不安になった時は助けてくれる人が確実にいる方を選びたいものよ。自宅で待ってたら襲われるかもしれないし。砂川悟は祖父の家も知ってたでしょうから」

「安心したいなら河川敷沿いにあるコンビニに入るってこともできたと思いますけど」

「それだと事件が大っぴらになるじゃない。あれくらいの歳《とし》の人ってそういう恥《はじ》をかきたくないものよ。身内の恥なら尚更にね」

「……まあ、それは分かりました。だけどもう一つ疑問があります。砂川総一郎は最初警察にこう言いました。『息子夫婦が死んでしまった』と」

「それのどこがおかしいの？」

「おかしいですよ。なぜなら砂川総一郎は家の中に入ってないんですから」

先輩は少し考えてハッとした。だが畑中は分かっていない様子だ。

「砂川総一郎は砂川若菜の死体を見ていない」

「そうです」と俺が頷《うなず》くと畑中もようやく分かったようだ。

「ああ。そういうことですか。なんで死体を見てないのに息子夫婦が死んだって分かったのか。そういう話ですか？」

「そうだ」

「でもそれは孫娘から聞いたんじゃないですか？　父親の砂川晋作とは一緒の部屋にいたから分かっただろうし、母親の砂川若菜の死体も見てるんですから」

「そういう解釈をするのが普通だ。でもな。砂川立夏は本当に母親の死体を見たのか？」

「え？　いや、それは見たからそう伝えたんでしょ？」

「俺はそこが怪しいと思っている。いいか？　一緒にいた父親ならともかく、ちらっと見ただけの母親が死んだってどうして言い切れる？　まだ生きてるかもしれないと思うのが娘として当然の心理じゃないか？」

　そこで先輩が「なるほど」と頷いた。

「つまりこう言いたいのね？　普通は母親が死んだかどうかきちんと確かめてないなら生きているかもしれないと思うはずだと」

「そうです」俺は頷いた。「人の思考は願望に左右される。それなら生きていてほしいと思う気持ちが行動に出ないのはおかしいと思うんです。祖父を呼んだのなら形成は逆転したと言ってもいい。それならまだ生きているかもしれない母親を助けるための行動を取ろうとしても全くおかしくない。だけど二人はそれをしなかった。まるで母親が死んだのを確認したかのように」

俺の言っている意味が分かったのか、先輩は目を見開いた。

「ちょっと待って。もしかして道筋君は三人は共犯だと言いたいわけ？」

「……あるいは砂川立夏と砂川総一郎が。砂川悟は捕まってますからね。例えば夢遊病で記憶をなくすことを知られていて利用されたのかも」

「いくらなんでも考えすぎじゃないかしら？」

「かもしれません。でもその可能性も残っていると思うんです」

俺と先輩はしばらく黙り込んだ。否定はしたものの、先輩の脳裏《のうり》にもそのまさかが過《よぎ》っているんだろう。沈黙を破ったのは畑中だった。

「……いや。それだとおかしいですよ」畑中の顔には怯《おび》えの色が見えた。「なら真犯人は別にいるってことでしょう？　いくらなんでも鑑識にバレますって」

「バレないように偽装したかもしれない。凶器から指紋を拭き取って無意識の砂川悟に持たせればいい。そうしたらあとは目が覚めた砂川悟が勝手に犯人を名乗り出てくれる」

「いや。いやいや。ないですって。砂川悟は両親の返り血を浴びてるんですよ？　殺さないでどうやって返り血が浴びれるんですか？　砂川若菜はともかく砂川晋作の方は一刺しなんです。偽装をするにしても死亡推定時刻でバレますよ」

畑中のくせに痛いところをついてくるな。俺はため息をついて酒を飲んだ。

「そうなんだよなあ。砂川立夏や砂川総一郎が真犯人なら状況証拠と合わないんだよ。仮に二人が殺したとしたら死体を移動させないと成立しないけど、その場合血痕を拭き取る必要が出てくる。だけどそんなのを鑑識課が見逃すわけがないしな」

そう。俺は元々砂川立夏と砂川総一郎を疑ってはいない。

二人が真犯人だとしたら動機がないし、なにより無実の弟を殺人犯に仕立て上げる意味が分からない。そんな非道ができるような人間には到底思えなかった。

だが念には念を入れて砂粒ほどの可能性を提示してみただけだ。もしかしたらそこから真相が掴《つか》めるかもしれないと期待したがどうやら無駄に終わったらしい。

道理に合わない。それを再確認できただけでもよしとするか。

だけどやっぱり砂川立夏と砂川総一郎の行動には疑問が残る。先輩の言っていた通りたまたま選ばれた行動だとしてもだ。

河川敷には砂川悟の秘密基地がある。そのことと逃亡ルートが一致するのは全くの偶然とは思えなかった。それだとあまりにも偶然が重なりすぎる。

十パーセントほどの行動が一度だけ選ばれたのなら納得できても、それがそう何度もあるはずがない。

鍵《かぎ》を忘れて、走って行って、母親の安否を確認しようともせず、近くの交番でなく遠くの警察署を選び、しかもそのルート上に砂川悟の秘密基地がある。

これら全てが一夜にして起こる確率が一体どれほど低いかは子供にだって分かる。

だけど同時にこの世界には往々《おうおう》にしてそういった低確率なことが起こるもんだ。だからみんなが起こりえると思って納得する気持ちも理解できた。

ある意味納得できるギリギリのラインだ。これ以上不自然な点が多ければ天秤《てんびん》はあっという間に傾く。その絶妙なバランスがまた俺に作為性を思わせた。

「道理に合うんだか合わないんだか」

迷子にでもなった気分の俺が酒を呷《あお》ると二人は考えすぎだと笑った。

六話

chapter 6

次の休日。俺は砂川《さがわ》邸にいた。なぜか新條《しんじょう》と助手子《じょしゅこ》と一緒に。

「よーし。久しぶりの遠足だぞー」

「おー」

二人ともジャージ姿でリュックを背負っている。本当に遠足へ来たみたいだ。

「遠足はいいなあ。やはり人間は違う環境に置かれると心理状態や行動が変わってくるからね。それを観察するのが楽しかった。さあ行こう。さあさあ行こう。金持ちの家を土足で踏み荒らすぞー」

「おー」

「おい」と俺は二人の肩を摑んだ。そして後ろにいる砂川総一郎《そういちろう》に頭を下げる。「すみません……。なんかこいつらもついてきたいって言って」

「まあ、それはいいですけど。どういったご関係なんですか?」

怪しむ砂川総一郎に新條は笑顔で答えた。

「妻と娘です」

「違います」俺は即否定した。「知り合いの学者とその助手です。ご迷惑だったら帰しますが」

「いえいえ」砂川総一郎はかぶりを振った。「刑事さんにならご協力します」

そう言うと砂川総一郎は何重にも門に巻いたチェーンから南京錠《なんきんじょう》を外した。

紳士的な態度だ。数日前までこの人を疑っていたのが少し気まずい。かといって完全に疑惑が晴れたわけでもないけど。

門が開けられると砂川邸の姿が露《あら》わになった。モダンな二階建てで庭が荒れている以外は至って普通だ。土地は広いが、建物は案外普通より少し大きいくらいだった。

自転車が二台あるのは姉弟のだろう。ガーデニングに使うスコップがそのままになっている。庭の隅には小さな倉庫があり、半開きの扉からキャンプ道具が顔を覗《のぞ》かせていた。

多少豪華だが一般的と言っていい風景がそこにはあった。ただし時間はあの時で止まっていて、それが言い表せない寂しさを醸《かも》し出す。

砂川総一郎は「どうぞ」と言って中に入ることを促した。新條と助手子が駆け込む。

「広いなー。庭にブルペンが作れそうだ。垣根《かきね》もグリーンモンスターみたいに高いぞ」

今日は野球ネタなのかと呆《あき》れながらもついて行くとやっぱり広い。中に入るとまた一段と広く感じる。本来庭から見えるはずのリビングにはカーテンが閉められており、他の窓からも中は見えない。それが俺達の存在を拒絶しているように感じさせる。

「やっぱり芝生《しばふ》はいいなあ。うちにも敷こうかな」

「そうなったら毎日ピクニックができるわ」

「良いアイデアだ。さすがは助手子だ！」

新條は楽しそうに助手子を抱きしめた。助手子もまんざらではなさそうだ。

俺ははしゃぐ二人を見てやっぱり連れてくるんじゃなかったと後悔《こうかい》した。

昨日、仕事終わりに助手子と遊んでやるかと訪ねた時、思い切って屋敷の中を見せてくれと頼んでいた砂川総一郎から了承の旨《むね》を伝える電話がかかってきた。

それを聞いた新條は行きたい。ついて行くと言って聞かず、結果こうなった。

中に案内された俺達はリビングに通された。砂川総一郎は懐かしそうに室内を見つめ、庭に面する窓のカーテンを開けた。そして着ていたジャケットからなにやら封筒を取り出して見つめるとそれを戻して近くにあった高そうなソファーに座った。

「私はここで待ってますから、あとはご自由に探してください」

砂川総一郎には捜査の時になくした私物を見つけるためと嘘を言っている。俺は会釈《えしゃく》して家の中を見渡した。

リビング。奥のダイニングを抜いてもかなり広い。ここで砂川若菜《わかな》が殺された。

リビングは玄関から入って廊下《ろうか》を歩いた左手にあり、廊下をそのまま行けば砂川晋作《しんさく》の書斎がある。廊下は左に折れ曲がっていてその先の階段に繋《つな》がっていた。

砂川立夏《りっか》は階段を下りてきて廊下を通ってリビングに向かい、そこで母親を殺した砂川悟《さとる》を見つけた。

確かにここからなら玄関に行く際、リビングを迂回《うかい》しないといけない。リビングから廊下にはすぐ出られるから安全を確保するなら砂川晋作の書斎を選んでもおかしくないか。二階に戻って自室に籠《こ》もるって手もあったけど、その場合退路がなくなるから、ドアを破られたら終わりだな。無理に玄関から逃げようとすれば鍵を解除しないといけない。ただでさえ砂川悟の方が玄関に近いんだ。追いかけられたら背後から刺されて終わりだ。

結果としてベストな選択だったってことか。そして書斎に入った砂川立夏は部屋に入ると鍵をして籠城《ろうじょう》。そこで父親の死体も見つけるわけだ。いや、入る前に見えてたかもな。

だがその籠城は無駄に終わる。砂川悟は母親を殺してから一歩も動かなかったからだ。供述だとそれからしばらくして眩《まぶ》しさを感じてから意識を取り戻した。つまり畑中《はたなか》が来るまで無意識だったってことだ。

嘘をついている可能性があるが、それなら動いているはずだ。動けばナイフから滴《したた》る血の痕で分かる。ナイフには拭き取った痕跡はおろか、握ってから捕まるまで放した痕跡もない。血が途切れていたがナイフはずっと同じ箇所《かしょ》にあった。

その上素足の裏には父親を殺した時についた血痕があり、それも母親を殺した場所から移動していない。

砂川悟は母親を殺してから一歩も動いていない。これは確かだ。

もしそのことを砂川立夏が分かっていればそのまま逃げられただろうが、書斎のドアには窓はないし、書斎の窓から逃げるにも玄関の横か庭を通らなければならない。その両方は砂川悟のいるリビングから目視できる。心理的に動けなくなるのも無理がないか。

道理に合っている。いや、合いすぎている？

そのどちらかは分からないが証言と現場の状況が嚙《か》み合ってなければ捜査中に気づくだろう。異変があれば捜査は長引く。だがそれはなく、あっけなく終わった。

つまり道理に合っているってことだが、俺としてはなんとも納得できない。

俺が砂川晋作の書斎を見つめて考えていると新條が隣に立ってこっちを見てきた。

「まさか分かっていたことを確認するためにここまで来たんじゃないだろうな？」

呆れ笑いを浮かべる新條に俺は心を見透かされて少し腹が立った。

「見落としがないか調べる。それも必要だろ」

「たしかに必要だが、重要ではない。過去を振り返るのは自分の現在地を知るためだ。情報が足りていないと分かっている今、やるべきことは探すこと。カードが足りてないと分かっているなら引くのさ。一見無価値に見えてもそれが突破口になる」

「前向きだな」

「悲観しても結果が変わるわけじゃないからな」新條は歩き出した。「さて、では少年の部屋に行こうか。私はそのためにここへ来たんだから」

新條は我が物顔で階段を上っていった。その後ろを助手子もついていく。

一瞬助手子の背負うリュックが揺れた気がした。

「……………まさかな」

俺は一抹《いちまつ》の不安を抱きながら二階へと続いた。


二階には砂川夫妻の寝室と姉弟の部屋が一つずつ。さらにシアタールームがあり、他にも物置として使われている部屋があった。

だがあまり物を持たない家だったのか、物置部屋はがらんとしていた。砂川総一郎の話だと血の付いたカーペット以外は替えてないとのことなので元からこうなんだろう。

砂川立夏の部屋はリビングの真上だ。高さもあるから飛び降りるのはかなり怖い。やっぱりここを籠城の場所として選ばなかったのは正解だ。鍵《かぎ》も書斎に比べれば安物だった。受験生らしく本棚《ほんだな》には参考書が並べられている。そのほかには机の上に友達との写真。家族の写真もあるが、まだ幼い頃のだ。

ここに写る小さな砂川悟が両親を殺すとは夢にも思わなかっただろうに。

俺が写真を眺めているると助手子が部屋に入ってきた。興味深そうに部屋を見渡す。

「……気になるのか？」

助手子は返事をせずに小さく頷《うなず》き、本棚を見つめた。その上に置いてあるねこのぬいぐるみを見つけると手に取り抱きかかえた。

皮肉なもんだ。一方は両親が弟に殺されたってのに大学に通え、もう一方は両親がいても虐待《ぎゃくたい》されて施設育ち。

一体なにが幸せでなにが不幸なのか分からなくなる。ただ一つ分かることは人が才能を活かしたり夢を見たりするのには安定が必要だってことだ。

安定があれば人は成長できる。そしてそれはたとえ両親がいなくてもある程度の財産があれば可能だってことだ。決定的に違うところがあるとすればそこだろう。

それは残酷《ざんこく》だが運の差だ。一方は運があって、もう一方はなかった。

人は生まれる場所を選べない。選べるとすればその先だけだ。だけど安定がないからといって人生が終わるわけじゃない。ならどこかで踏ん張って生きるしかないんだ。

願うならこいつには折れないでいてほしい。

この世界の残酷さに絶望しないでいてほしい。

希望だってあるんだ。それさえ諦めなければ貧しさや不運な境遇から脱却できる。そして希望を摑《つか》むためには前を向くしかない。待っているのが茨《いばら》の道でも前に進むしかないんだ。救いは今にも過去にもないんだから。

俺に何かしてやれることはないか。そう思うと同時に口が開いた。

「……それ、お前も欲しいのか？」

俺が尋ねると助手子は微笑して小さくかぶりを振った。

俺は小さく嘆息《たんそく》する。

「多少望んだって罰は当たらないぞ？」

俺がそう言うと助手子は静かにこちらを向いた。そして澄んだ目で俺を見つめる。

「人を幸せにするのは物じゃないわ」

「……耳が痛いな」

どうやらこの子は俺が思っているよりしっかりしているらしい。

たしかに物を与えてやれば幸せになるなんて考えが俗物的だ。

金で安定は手に入っても幸せまでは手に入らない。それをこの場所が証明してるってのに、やっぱりどこかで近道しようとしてしまう。

人生の目的が幸せになることなら金は手段にすぎない。案外今のこの子は新條のところで幸せなんだろう。

それが分かると俺は少し気が楽になった。


砂川立夏の部屋からは特になにも見つからなかった。

俺と助手子が隣にある砂川悟の部屋に入ると中では新條が物色していた。

「おい。下手《へた》に物を動かすなよ」

「ここの持ち主はしばらく塀《へい》の中なんだろう？　なら多少動いても覚えてないさ」

「そういう問題じゃねえよ」

俺が嘆息すると新條は本棚に並ぶ本を見つめた。そこには前に言ったように経済の本がちらちら見えた。マクロやミクロ、市場経済なんて難しい文言が並ぶ。

「少年は将来父親の会社を継ぐつもりでもいたんだろうか？」

「どうだろうな。経済ばかりで経営はないし、それに長男だっていっても、今の時代そんなことを考える子は少ないだろ。ただ好きだったんじゃないのか」

新條は「ふむ」と唸《うな》って顎《あご》に手を当てた。あまり納得はしてない様子だ。

新條が本を気にしている間に俺はゲームの方を漁《あさ》った。やはり世代は少し古い。最近のゲームに興味がないのか、または他の趣味が見つかったのかもしれない。ただ置いてあったチャット用のマイクやヘッドホンは比較的新しく、高性能の物だった。

本気でやっていたらしく、ネットは二階まで有線で繋げている。コンセントのプレートが少し曲がっているのが気になった。どうやら留める為のネジが一つ外れているらしい。

ジャンルはＲＰＧやアクション。そして問題になった暴力的なものもある。確か十二歳以下のプレイは制限がされていたはずだが、中身を知らない親が買い与えたんだろう。

たしかにこのゲームは残酷描写が多く、それも刀やナイフでの攻撃が強い。敵も人型で大量の血が出るタイプだ。新條の話が本当なら影響力がないとは思えないが、だからと言ってこれが原因だとも考えにくい。

知らない人が見ればただの残酷なゲームだが、物語は家族愛や自己犠牲《ぎせい》を描いている。ゲームが人格に影響すると言うならこちらも無視してはいけないはずだ。

と、内心ゲーム好きによるゲーム擁護《ようご》をしてから俺はゲーム機から離れた。

新しいなにかが見つかるとすれば多分ここじゃない。警察もマスコミもここらは調べ尽くしている。

ならどこだ？

その時、俺はふとある物を机の上で見つけた。日記だ。

そう言えば裁判の証拠として写しが提出されてたな。中身に異常性がないことから無意識による殺人である可能性が高いと主張されたんだ。

日記帳を手にとって見るとなんてことのないノートだった。タイトルはそのまま日記で、なぜかカクカクとしたデジタルみたいな字で書かれている。その他に下手ながら鳥の絵が描かれているところは子供らしい。

開いてみると上下逆だった。どうやらタイトルを逆さまに書いたらしい。案外そそっかしいところもあるんだなと思って読んでみると、なんてことのない日常が書かれていた。

日記を書き出したのは事件の三ヶ月前からで事件の三日前で終わっている。

たしかに犯行の三日前からいきなり攻撃的になるとは考えにくい。普通は前兆があるもんだ。それはネットの書き込みだったり、動物への虐待だったり、何らかのシグナルがある場合が多い。

だけど砂川悟の場合は教師も家族もそれに気づいた者は皆無だ。だからこそ驚かれ、同時に怖れられた。その辺りも無意識的な殺人が候補に挙がった理由の一つだ。

俺は日記を斜め読みしたけど、やはり気になる点はなかった。河川敷に関する言葉も出てこない。普通の少年の普通すぎる日常が書かれているだけだ。

むしろそれが不気味だった。本当にこれは殺人犯の日記なのかと疑ってしまう。

俺の中で消えかかった多重人格の四文字が頭をもたげようとしている。

そんなことを言い出せばまた新條に笑われるなと思って日記を机の上に戻した。すると表紙が逆になっている。そうだった。表紙と中身が上下逆さまなんだ。

俺がひっくり返すと新條がその動作に気づいた。

「どうしたんだ?」

「いや、これ上下逆なんだよ。表紙だけ逆さまに書いているんだ」

「珍しいな。本の並びもきちんと揃《そろ》えているのに」

怪しむ新條を見てそう言えばゲームのソフトもシリーズ毎《ごと》に並んでいたのを思い出す。

ケースとソフトがバラバラなんてこともなかった。

もしかして意図的か?　でもそれならどういう意図がある?

俺が日記とにらめっこをしていると新條が言葉を漏らした。

「思っていたよりなにもないな。まだ見つかっていない秘密でも分かればと思ったんだが」

当てが外れた様子の新條を見て俺としては少し嬉しかった。警察が調べているんだ。そうそう見落としがあってたまるか。

あるとすれば念入りに隠されたものくらいだが、それでも犯人の部屋だ。よっぽどのことがない限り見つけているだろう。

考えるべきは家の敷地外だけど、当の秘密基地の場所が分からないんじゃな。河川敷は何キロもある。それも両側だ。探すとなれば骨が折れる。

畑中の言ってたホームレスを探すのが手っ取り早いけど、もう何ヶ月も前の話だ。忘れていても不思議じゃない。せめて地図でもあれば。

そこで俺はハッとした。普通、日記に秘密基地のことを書かないなんてことがあるか？　普段から友達とも遊ばない子だ。秘密基地を作ってるなんて一大イベントのはずだろ。

考えられるとしたらあえて書かなかったか、または分からないように書いているかだ。

もし後者だったら——

俺は急いで日記を持って表紙を見つめた。

上下逆に書かれた日記の文字。似合わない鳥の絵。この二つが示していることは。

「そうか！　分かったぞ！」

「なんだ急に？」新條はビクリと体を震わして俺を睨《にら》む。「進研ゼミでやった問題でもあったか？」

「違う。俺をちょっと予習しただけでなんでもかんでも上手《うま》くいく主人公と一緒にするな」

俺は否定して机の上に日記を叩き付けた。

「秘密基地の場所が分かったんだよ」

「ほう」

新條と助手子の目は疑っていた。どうせこいつにはなにも分からないだろうと馬鹿にした目だ。地味に傷つくな。

俺は負けじと自分の推理を披露した。

「いいか？　この日記に秘密基地の在処《ありか》が書かれてたんだよ」

「日記？」新條は日記を手にとってぱらぱらとめくった。「これは証拠品じゃないのか？君ら警察はそんな大事なことも見落とすのかい？」

「見落とすわけないだろ。ただし、通常通りに書いてないなら別だ。いいか？」俺は表紙を指さした。「まずはこの日記の文字だ。デジタルみたいな文体で書かれてるだろ？」

「ああ。それで？」

「こんな文体はここしかない。さらにこの表紙は上下逆になっている。それを通常通りに戻すと」

俺は日記帳をくるりと回した。すると日記の二文字から数字が浮かび上がった。

それを見て新條が読み上げる。

「2と8か。これが?」

「いいか? これはページだ。二十八ページを表している」

「……ふうん」

あれ? なんか反応が鈍いな。あからさまにつまらなそうな顔しやがるし。

俺は自信を失いそうになりながらも気を取り直して続けた。

「二十八ページ目を読んでも特に何もない。だけどそこでまた表紙に戻るんだ。鳥の絵が描いてあるだろ?」

「かわいいな」

「鳥の絵。つまり『えを取る』ってことなんだよ。それを二十八ページ目でやっていくと」俺は近くにあった鉛筆を借りて文章の中から『え』を取って言った。「するとほら。文の頭から『え』が消えて、そこから縦読みすると」

「ひみつきちはこねこばしのした、ね」

「な!」

「………まあ、うん。おめでとう」

新條と助手子はテンポの遅い拍手で俺を讃《たた》えた。

「……興味なさそうだな」

「正直どうでもいいからな。私が気になるのはこれが書かれた意図だけだ」

「そんなの秘密基地の場所を忘れないようにするために決まってるだろ？」

「どうだろうね」

新條は肩をすくめた。そのあまりの素っ気なさに俺はむっとした。

「子供とはいえ二人も殺せばそう簡単に出てこられない。だが砂川悟は回収しなければならない物を隠している。忘れないように暗号を残しておくのは当然のことだ。違うか？」

「一理ある。だがそれだけだ。でもどうしても君が気になるならあとで行ってみよう。なにか見つかるかもしれない。私も少し気になることがあるしな」

「気になるって秘密基地以外でか？」

「ああ。私が思っていたよりも砂川悟はすばらしい人間みたいだからな」

すばらしい？　それを言うなら賢いとか頭が切れるだろ。子供騙《だま》しと言えばそれまでだが、こんな暗号を思いつくんだから。

ただの負け惜しみか？　いや、こいつはそんな奴じゃない。

すると新條はいきなり口元に人差し指を持ってきて静かにするよう指示した。

そして近くにあった卓上ミラーを指さす。

なんだと思ってそちらを見ると俺はゾッとした。

目だ。ドアの隙間《すきま》からぎょろりとした目が俺達を覗《のぞ》いていた。

誰だ？　決まってる。ここにいるのは俺達と砂川総一郎だけなんだ。

なんでだ？　なんで見張ってる？

額からイヤな汗が流れた。なにかが起こっている。俺の想像を超えるなにかが。

焦る俺を横目に新條は冷静だった。まだ異変に気づいていない助手子に話しかける。

「そう言えばもうこんな時間だ。そろそろお昼にしようか。朝からお弁当を作ってきたんだよ。なあ助手子」

「腕にノリをかけて作ったわ」

よりな。

「そうそう。テンションが上がりすぎて海苔《のり》ふりかけを振りすぎてね」

本当にかけてるし。

俺はもう一度鏡を見た。そこにはさっきまであった目はない。どうやら今の会話で俺達が部屋から出ると思って移動したらしい。

俺はホッとして新條に小声で尋ねる。

「なんだったんだ?」

「なにって梅だよ。おにぎりには梅って相場が決まっている」

「そっちじゃねえよ。なんで砂川総一郎は見張ってたんだ?」

「さあ。見られて困る物があるのか。あるいは」

「……あるいは?」

「見ること自体に意味があるのか」

どういう意味だと聞き返す前に新條は出口へと向かった。

「昼食前に砂川父の書斎を見たい。それを見たらお弁当にしよう」


一階に下りるとリビングのソファーに座る砂川総一郎と目が合った。

俺達がリビングに来ると思っていたらしく、廊下《ろうか》を左折して書斎に向かうと微《かす》かに驚いているのが見えた。

書斎に入るとすぐに新條はきょろきょろと辺りを見回した。

「どうした?」

「いや。凶器のナイフが入っていたっていう金庫はどこかなと思って」

「それなら正面の本棚《ほんだな》の上だよ」

俺は横を向く本棚を指さした。背が高く天井に付きそうだ。その僅《わず》かな隙間にも難しそうな経済学の本が置かれ、その間に手提げ金庫が隠されるようにあった。金庫を見つけるには正面に回り込まないといけない。

「おかしいな。少年はドアの隙間から暗証番号を見たんだろう？　だがドアからじゃ本が邪魔で見えないぞ？　いや、本がなかったとしても見えるのは手元だけだ」

「そう言えばそうだな。でも本人が見たって言ってるし、実際ナイフは持ち出されてるんだ。本棚には足跡があったし、ダイヤルや金庫には指紋もある。きっと鏡かなにか使ったんだろ。あるいは奥の窓から見たか」

　俺は机の上にある窓を指さした。新條の目線もそこに向かう。

「あそこから砂川姉が逃げたのか」

「ああ。あの下にはエアコンの室外機があるんだ。砂川総一郎はそこに上って砂川立夏を救助したと言っている」

「そしてそのまま駐車場に行き、砂川立夏が持ち出したキーを使い車で脱出と。ガレージは開いていたのか？」

「いや、自分で開けたと言っている」

「それだと音が聞こえるな」

「ああ。実際ガレージが開けられた音を近所の学生が聞いている」

「車はアメ車だろ？　エンジン音も大きいんじゃないのか？」

「キャデラックはV８エンジンだからな。警察署に来た時もうるさかったよ。それが？」

「行動が一致しないと思ってね。特に砂川姉だ。弟が怖くて部屋から逃げることもできなかったのに、外に出た途端自分の位置が分かるような行動を取っている」

「行動が大胆《だいたん》になったのは砂川総一郎が来たからだろ。それに車に乗った方が安全に決まっている」

「砂川祖父からその提案をしたのなら納得できるが、キーを持ち出したのは砂川姉だ。さっきまで息を潜めていた女の子のわりには行動が大胆だなと思っただけだよ。結果としては良い行動だ。そこは聡明さを取り戻したみたいだな」

「そんなに砂川立夏のことが気になるのか？」

「当たり前だ」新條の眼光が鋭くなった。「この事件を正確に解きたいのなら気にすべきは砂川姉以外ない。彼女はシャドウだよ」

「シャドウ？」

どういう意味だと俺がまた頭を悩ませていると新條の視線が下に向いた。

「砂川父はどこで死んでいたんだ？」

「そこだ」俺は部屋の入り口付近を指さした。「ドアを開けてすぐに倒れていた」

新條は入り口を見てから顔を上げてリビングの方を見た。

「砂川母が殺された時も玄関との間に少年がいたんだったな。ならいたのはキッチンか」

「多分な。でなきゃ砂川若菜は砂川悟を追い越したことになる」

「砂川母は少年に抵抗したんだろ？　多少場所が移動してもおかしくない。二階にいたり、砂川父と共に書斎にいた可能性だってあるじゃないか」

「それはこっちでも話し合われたよ。だけど二階の場合はそのまま引き返すだろうし、書斎にいたとして外に出られたなら砂川悟は追いかけたはずだ。追いかけたなら背中に傷があってもおかしくないがそれはなかった」

「砂川父にナイフが刺さっている間に横をすり抜けリビングに逃げたがそこで捕まった……。いやないか。リビングに逃げられるなら玄関に向かうはずだ。パニックだったたと言えばそれまでだがな。それに砂川母の性格上、目の前で砂川父が刺されれば救助しようとするはずだ。それが見られなかったということは死体を見てない。もしくは助ける気がなかったか」

俺は思ってもみなかった可能性を提示されて驚いた。

「それって砂川若菜が共犯だったたって言いたいのか？」

「そうは言ってない。ああ。なるほど。二人が共犯で仲間割れしたという可能性を考えたのか」新條は笑った。「それもなくはないが、砂川母の性格上可能性は低いだろう。もしそうなら主犯は砂川母になるのかな。不倫《ふりん》でもされたか、もしくはDVか。どちらにせよかなりの恨みがないと成立しない」

「DVなら体に傷が残ったりするだろ？　不倫だとしても職場の人間にバレたり友達に相談していたりするもんだ。それこそスマホの履歴《りれき》から分かるよ」

「だろうな。やはりその線はない。私が言っているのはそれ以外の可能性だよ」

「それ以外の可能性？」

「ああ。やはり来てよかった。少しずつ見えてきたよ。この事件を起こした心が」

新條は最後に「砂川父は右利《みぎき》きだったか？」と聞いた。俺が「たしかそうだ」と答えると新條は納得した様子でリビングへと戻った。


それから俺達は砂川総一郎も加えてお弁当を囲んだ。

「……おにぎりじゃないのか？」

サンドイッチを頬張《ほおば》る俺に新條は笑った。

「おにぎりは作ってる途中に食べてしまった。お米は使い切ったからサンドイッチだ」

俺が呆《あき》れていると助手子は「どうぞ」と言ってたまごサンドを砂川総一郎に手渡した。

砂川総一郎は嬉しそうに「ありがとう」と言って受け取り、少しサンドイッチを見つめてから口にする。すると思い出深そうな顔で「おいしい」としみじみ言った。

さっきこの人は俺達を見張ってた。あれはなんでだ？

ただ気になっていただけか？　それとも見られてはいけない物があるとか？

そこで俺にある考えが浮かんだ。

砂川総一郎が真犯人なら疑われているかどうか気になるはずだ。または砂川悟の物から自分への証拠が見つかるとか？　あるいは砂川悟の秘密基地を見つけてほしくない？　なにか不利になる物でも隠されてるのか？

だが怪しむ一方、俺にはこの老人が極悪人には到底見えなかった。そして同時に本当の悪人は概してそう見えないことが多いのも知っている。

分からない。分からないけどこのサンドイッチはそれなりにいけるな。

俺が砂川総一郎の真意を測りかねていると新條が指をパチンと鳴らした。

「さて。今のうちにあれをしておこう」

それを聞いた助手子は「あいあいさー」と返事をして持ってきたリュックを開いた。

するとそこからあろうことか二匹のねこが飛び出てくる。ソーンとダイクはあっという間に屋敷の中へ走り去った。

俺は一瞬呆然《ぼうぜん》としてから事態を理解して叫んだ。

「おい！　なんだ⁉　なにやってんだ⁉　お前らはどこまで自由なんだよ！」

俺の疑問に答えたのは顔に手を当てて変なポーズを決める新條だった。

「ソーンダイクの猫という実験がある」

「ソーンダイク？　それってあの猫の名前だろ？」

「そう。ソーンとダイクはそこから取ったんだ。実験の内容はこうだ。猫を箱の中に入れる。その箱にはひもが付いていて、それを引くと外に出られるんだ」

「……で？」

「箱の中に入れた猫は最初どうにか出ようともがくけど、そのうちひもの存在に気づく。そしてひもを引いて外に脱出するんだ。その猫をもう一度箱に入れるとどうなるかな？」

「それは多分――」

「正解」

「……まだなにも言ってないぞ」

「そう。今度はすぐにひもを引いて脱出する。このことから猫には学習能力があることが分かるわけさ」

「へえ……。で？」

俺が顔を引きつらせて首を傾《かし》げると新條は続けた。

「これと似た実験でパブロフの犬というのがある」

「あ。あれだろ？　ベルを鳴らすと唾液《だえき》が出るっていう」

「そうだ。食事の前にベルを鳴らして聞かせていた犬が次第にベルの音だけで食事がもらえると判断して唾液を出す。これを条件付けという。時系列的にはソーンダイクの方が早いんだが、犬派の陰謀《いんぼう》で有名になったのはパブロフの方だった」

どんな陰謀だよ。

「ほかにもラットを使ったオペラント条件付けというのもある。つまり、なにが言いたいかと言うと」新條は再び指を鳴らした。「動物は教えれば学ぶのだよ。訓練をすればできなかったことができるようになる。だからソーンとダイクがこの屋敷から怪しい物を探してきても全然不思議じゃないのさ！」

新條は手を伸ばして更なる決めポーズを取った。

俺は勢いに押されかけながらも冷静になり、「……いや、それはおかしいだろ」とつっこんだ。だが新條は俺を無視してまたサンドイッチを食べ出した。

「道筋《みちすじ》。フルーツサンドはデザートだからな」

「いやいや。おかしいって」俺は屋敷を走り回るねこ達を指さした。「警察犬じゃないんだ。ねこにそんなことできるわけないだろ？」

それにショックを受けたのは助手子だった。悲しそうな目で俺を睨《にら》んでくる。

そう言えばこいつはねこ達にお手を仕込んでたな。あれも実験の一つだったのか。

新條が悲しむ助手子を抱きしめて怒る。

「ああ、かわいそうに！　助手子はあんなに頑張ったのにな。夢も希望もない道筋のせいでこれまでの努力が水の泡《あわ》だ。これだから夢のない大人はイヤになる」

「俺が悪いのか………」

ダメだ。こいつらになにか言っても通用しない。まあ何か持ってきてくれればラッキーくらいに考えておこう。今問題なのは砂川総一郎だ。

俺がちらりと見ると砂川総一郎は騒ぐ新條と助手子を微笑《ほほえ》ましそうに眺めていた。俺の視線に気づくと愛想笑いを浮かべる。

「すみません。なにかこう、懐かしさを感じたもんで」

「はあ……。こちらこそ阿呆な奴らを連れてきてすみません」

砂川総一郎は再びサンドイッチを見つめて目を細めた。顔のしわが濃くなり、一気に歳《とし》を取ったように見えた。

「……昔は、晋作と若菜さんがいた頃はよく孫達とキャンプに行ったもんです。息子はハマっててね。高い肉を取り寄せては熟成させて焼いてましたよ。あれは旨《うま》かった。仕事が大変だったんでしょうね。自然の中にいると息抜きになると言っていました。孫達はあまり乗り気じゃなかったですけどね。今の子はキャンプよりスマートフォンを触っている方が楽しいんでしょう。それでもあれはまさしく一家団欒《だんらん》でした」砂川総一郎は一転、嘆息《たんそく》した。「今となってはもう、取り返しの付かないことですが……」

「……お察しします」

砂川総一郎はつらそうにかぶりを振った。そして眉根《まゆね》を寄せる。

「私が一番許せないのは殺人のことではありません。マスコミや周りの声ですよ。あの事件が起こってからとんでもない噂《うわさ》が飛び交いました。聞くに堪えない噂がね。息子も、若菜さんも。立夏ちゃんも。そして、悟君にまで……」砂川総一郎は悔《くや》しそうに拳を握った。「真犯人は立夏ちゃんだの。姉弟が共謀して殺しただの。挙げ句の果てには私も疑われました。息子を殺されたのにですよ？　とんでもないことです」

その言葉が俺の胸にちくりと刺さった。砂川総一郎は続ける。

「悟君も色んな噂を流されましてね。虐待《ぎゃくたい》されていたとか、動物を虐《いじ》めていたとか、大麻をやっていたなんてのもありました。それがね。悟を全く知らない奴らの言い分ならまだしも、知っている周辺の人までそんな噂をし出すんですよ。確かに孫は法を犯したが、それとこれとは別問題でしょう?」

「……そうですね。全くもってその通りです」

俺が頷《うなず》くと新條は持ってきた紅茶を一口飲んで告げた。

「ソロモン・E・アッシュという心理学者がある実験を行っています。生徒に中くらいの長さの線を見せ、それと同じものを当てるという簡単なテストです。対象の生徒の前にサクラが仕込まれていて、彼らはまず二回正解を当てます。そして三回目、彼らが一斉に違う答えを言い出すんです。線は長かったと。するとどうなるか? お察しの通り、対象の生徒もサクラに引っ張られて間違った答えを選んでしまうんです。アッシュの実験だと三分の二もの生徒が間違いに誘導されてしまいました。幼稚園児でも解けるテストなのに」

「……つまり?」

砂川総一郎が尋ねる。

新條はニコリと笑って答えた。

「人は同調行動をする生き物だということです。誰かが悪口を言い出せば他も追随するのはこのせいです。大事なのはそれが合っているかどうかではなく、如何《いか》にして周りと合わせるかです。特に日本人はこの習性が強いですね」

「愚かしいですね」

「その通りです」

新條は頷くと腕を広げた。

「だとしても止められません。それが人の習性なのです」

新條は砂川総一郎を見つめて続けた。

「だからたとえ間違っていると分かっていてもやってしまう」

それを聞いて砂川総一郎は目を見開き、新條を見つめた。新條はその視線を悠々《ゆうゆう》と受け止める。俺はなにが起きているのか分からず、ただ傍観《ぼうかん》するしかなかった。

なんだ？　なんの話だ？　一体なにが起きている？

「ぐふっ！」

混乱していた俺の顔にソーンが飛びついてきた。そのせいで間抜けな声が出てしまう。

ソーンはみゃーおと言って俺を踏み台にし、新條の膝へと飛び移った。

「おー。よしよし。証拠は見つかったかい？」

ソーンはみゃーおと言って黒く汚れた前足を見せただけだ。

やっぱりねこに証拠集めなんて無理だなと思っていると、助手子が声を上げる。

「ダイクがなにか咥《くわ》えてるわ！」

まさかと慌ててダイクを見ると、その口には得体の知れない白い結晶が挟まれていた。

七話

chapter 7

砂川邸《さがわ》の捜索も終え、サンドイッチも平らげた俺達は砂川総一郎《そういちろう》にお礼を言って屋敷をあとにした。

今は河川敷にてキラキラと光る水面を眺めている。

あの白い結晶はなにかの薬みたいだった。錠剤を砕《くだ》いた物らしく、文字が彫られていた。

砂川総一郎曰《いわ》く、「胃薬かなにかでしょう。若菜《わかな》さんは仕事のストレスで胃が荒れると言っていましたから」らしい。

こんなのは鑑識にお願いすればすぐに分かる。一瞬違法薬物かと勘ぐったが、覚醒剤《かくせいざい》に似た薬物のＭＤＭＡの場合はスリットや絵柄が入っている場合が多い。これは見た感じ大手医薬品会社の物だ。違法薬物と違ってクオリティーが高い。違法薬物は素人《しろうと》が個人で作っているから異物が多く、形も悪い。

なにより砂川晋作《しんさく》か砂川若菜が薬物依存症なら死体から薬物反応が出るはずだ。

薬物依存症の死体は分かりやすい。注射痕があったり、MDMAなら内臓が機能不全になっていたりするが、検死の結果それはなかったと聞いている。

なにより薬物依存症なら書斎や寝室から証拠が出てくるはずだがそれはなかった。

俺は必死になって錠剤の破片を観察していたが、新條《しんじょう》は黒く汚れたソーンの前足をお手ふきで拭くのに夢中だった。助手子《じょしゅこ》と一緒になって二匹のねこを褒《ほ》める。

「えらいぞー。さすがは特殊な訓練を受けたねこだ」

「二人ともがんばったわ」

特殊な訓練って言えば全てが許されると思ってやがる。俺は騙《だま》されないからな。

俺は下流にある子猫橋《こねこばし》に向かいながら、先ほど別れ際に砂川総一郎が言っていた言葉を思い出していた。

「いつかまた、悟君《さとるくん》が出てきたら全てを受け入れてあげたいと思っています。何もできなかった私にできるのはそれくらいですから」

息子夫婦を殺されたにしては寛容な態度だった。表情からは後悔《こうかい》が滲《にじ》み、哀愁が漂う。

最後に見た砂川総一郎の背中は事件を解決できずに退職した老兵のように小さく見えた。

自分の無力さを痛感しているみたいで見ていて少しつらくなる。

あんな人がどうして俺達のことを覗《のぞ》いていたんだろうか？

そのことを疑問に思っていると子猫橋が見えてきた。

子猫橋は一方通行で古くて小さな橋だ。その下は暗い影になっていて、地面には茂みが広がっている。茂みの中にはガラクタが散乱しており、小さな迷路みたいだ。スーパーのカゴが積まれており、故障した自転車が壁を作っている。あとはよく分からない鉄の棒なんかが転がっていた。

おそらく昔ホームレスが使っていたのだろう。こういう光景はよく見る。

さて探すかと思っていた矢先、新條が離脱した。

「少し気になることがある。それにこれは君の手柄だ。君が見つけるべきだよ」

新條は「頑張ってね」と微笑すると向こうに見える電車用の桜鱒橋《さくらますばし》へと向かっていった。

「気になること？　知ってるか？」

助手子に尋ねるとかぶりを振った。

一体なにが気になったんだ？　……まあいいか。

俺は砂川総一郎に借りた砂川悟の日記を取り出した。気になるなら借りてもいいと言われて借りたが、どうもおかしい。監視していたわりには重要視していない。これに価値はないのか？

希望が霞《かす》みつつはあるが、俺と助手子は子猫橋の下になにかないか探し出した。

だがあるのはガラクタばかりだ。

沈黙の中で手を動かすのは気まずい。俺は助手子に尋ねてみた。

「えっと、なにが隠してあると思う?」

「…………………ラブレター?」

「……だといいけどな」

突拍子もない答えに俺は苦笑した。だけどもし本当にそんなくだらない物なら事件の真相からは遠のいてしまう。

ここまで来てやっと希望が見えてきたんだ。なんとしても手がかりを見つけないと。なによりこれ以上俺の休日をこの二人に奪われてたまるか。

「なあ。ソーンとダイクにもう一度頼めないのか?」

助手子は首を横に振る。

俺は「なんでだ?」と尋ねた。

すると助手子は芝生《しばふ》の上で気持ちよさそうに寝転がる二匹を指さした。

「今日はお天気がいいから」

「……なるほど」

それが普通だよな。いくら特殊な訓練を受けてもねこはねこだ。日向《ひなた》には勝てない。

そもそもどこに秘密基地があるんだろうか？　ここがもう秘密基地なのか？

その可能性はあり得るが、そうだとしたら大変だ。このガラクタの山から事件に繋《つな》がる手がかりを見つけ出すのは骨が折れる。

大体新條はどこに行ったんだ？　あいつだって砂川悟のことは気になるはずだ。だからこそこうして俺について来ている。

なのに有力な手がかりを前にどこかへふらっと行きやがるし。それとも砂川悟の秘密基地より重要なことがこの河川敷にあるのか？

それからも草むらを漁《あさ》るが、手がかりも見つからなければ新條の意図も読めない。

そうこうしている内に時間が経《た》つと助手子は飽きてねこ達と遊びだし、俺も汗をかくだけの状態が続いた。

ダメだ。分からん。ガラクタしかない。なにか見落としているのか？

ひみつきちはこねこばしのした。

橋を渡って逆側も見に行ったけど、あっちには茂みもなかった。あるとしたらこっちだ。

それとも探している場所が間違っているのか？　下ってことは地面を掘るってことか？

でもなんの目印もないし。俺は踊らされてるのか？　本当は秘密基地なんて存在しない？

それか日記には他の暗号があるとか？

だけどどのページを見てもそれらしいものは――

混乱中の俺を現実に引き戻したのは携帯の着信音だった。見ると新條からだ。

俺は少しむっとした。

「お前今どこにいる？」

「ちょっと手間取ってね。コンビニでマルボロとワンカップを買っていた」

「煙草《たばこ》と酒？　お前吸ってたっけ？」

「私じゃない。出費のおかげで知りたいことは分かった。そっちはどうだ？」

「……それが」

「見つからないのか」

電話越しでも新條が笑っているのが分かり、俺はむっとした。だが実際見つかってない。

「……ああ。どこを探してもそれらしきものはない」

「そういう時は発想を変えるんだ。明るい時に白い物は見つかりにくい。ならどうするか。影を作ってやればいい」

「どういう意味だ？」

「探し方を変えてみるんだよ。大丈夫。きっと見つかるさ。私もそっちに向かってるから着いたら一緒に探してあげるよ」

そこで通話が切れた。

俺は安心した反面、このままだとまた新條が答えを攫《さら》ってしまうと危惧《きぐ》した。元々この事件を持ち出したのは俺なんだ。なら自分でどうにかしないと。だけどどうやって？　探す場所を変えるって、もしかして水中か？

俺は川の中を覗いてみた。だがそれらしいものはない。大体こんなところに置いておいたら台風の時に流されてしまう。同様に地上もそうだ。ならあるのはやっぱり地上か。

「……いや待てよ」

子猫橋の下ってのはこの茂みと地面だけを示しているんじゃない。

俺はハッとして上を向いた。暗い橋の下には鉄筋が伸びている。鉄筋はH形をしていて、そこには物が置けた。影が濃く、角度的にも下からは見えない。

俺はまさかと思って河川敷の壁を上った。高さもないしブロックになっているから容易に天井の橋にまで辿《たど》り着ける。

だが薄暗い鉄筋の上にはなにも置かれていないように見える。やっぱり違うかと諦めかけた時、新條の言葉を思い出した。

見つからない時は発想を変える。

「…………もしかして」

俺はポケットからスマホを取り出した。そしてライトを起動する。

「あった」

薄暗がりに浮かび上がってきたのは鏡だった。鉄鋼の上に砂川悟の部屋で見た卓上ミラーが置かれている。正面からしか反射しないように周りは板で囲まれていた。板は内側は黒く、外側は鉄骨と同じ色に塗られていた。これなら位置的に下からは見えないし、正面から見ても鏡が暗闇を反射してカモフラージュになっている。

光を当てなければ分からない。そこにあると知っている者以外には分からない仕掛けだ。だけど手が届かない。砂川悟は俺より小さいからさらに難しいはずだ。

俺はそこで先ほど転がっていた鉄の棒を思い出した。一度下りて棒を手に取り、再び壁を上る。棒を持ったまま手を伸ばすと余裕で鏡に届いた。鉄の棒の先は曲げられていて、鏡の奥に引っかけられるようになっていた。

俺がそのままたぐり寄せると鏡だと思っていた物は箱だった。菓子缶みたいなアルミの箱を鏡と板でカモフラージュしている。

俺が内心ガッツポーズをしていると、視界の隅に楽しそうに笑う新條が見えた。

「おめでとう。見つけたみたいだね。さあ。中身を確認しよう」

『僕にはずっと隠していることがあります』

　箱の中に隠されていた日記はこう始まった。

『僕が周りのみんなと違うことに気づいたのは中学に入ってからでした。中学生になると周囲はそれまであまりしなかった恋愛の話をよくするようになりました。あの子が格好いい。あの子が可愛《かわい》い。あの子が好きだ。普段教室の隅で静かにしている僕のことなんて気にならないらしく、クラスメイトはそんな話ばかりしています。特に女の子はまるで義務を果たすように恋に夢中です。そのおかげで友情が深まったり、逆に喧嘩《けんか》したりと大忙しです。でも僕には分からないことがあります。彼女達は好きな人と話したり、プレゼントをあげている時に幸せな顔をしています。あれはなんでなんだろう？　僕にも愛は分かります。小学生の時には好きな子もいたし、お父さんもお母さんも好きです。お姉ちゃんは口うるさいし、よく僕のお菓子を取るから嫌いだけど、好きって気持ちは知ってます。でもだからこそ分からないことがあります。僕は人を好きになるとその人を壊したくなるんです。これは普通のことだと思ってました。小さい頃、好きだった玩具《おもちゃ》をよく壊してました。これは僕だけじゃありません。幼稚園では他の園児もそうだったし、お姉ちゃんだって大事だって言っているスマホをよく投げてます。だから好きな物を壊したくなるというのは至って普通のことだと思っていました。だけど中学に入って周りが公に恋愛を始めるとそうではないのかもと考えるようになったのです。誰も彼女を殴《なぐ》らないし、誰もプレゼントのクッキーにカミソリの刃なんて入れません。最初は彼らの愛がまだ未熟だからだと思ってました。でも次第にそうではなく、僕の考え方が周りとちょっぴり違うことに気づいたのです。そう。普通は好きな子を傷つけたりしないそうです。小学生の時、好きだった女の子が教室を歩いていて、僕はこっそり足をかけて転ばせました。女の子は頭を打って何針も縫《ぬ》い、その傷は一生残るそうです。だけどこれは僕の好意の証《あかし》なんです。控えめな僕がようやくできた告白なんです。でも一世一代の告白は受け入れてもらえず、その女の子は僕を避けるようになりました。あれから僕は恋愛をするのが怖くなり、女の子を好きになることはありません。でもたまにテレビなんかで可愛い子が映っているとやっぱり壊したくなるんです。指を折ったり、首を絞《し》めたりしたくなるんです。でもそれは仕方ないことです。だってこれが僕なりの愛なんですから。僕が普通でないことが分かってからはこのことを隠すようにしています。でも隠そうと思えば思うほど、我慢できなくなる時があるんです。そんな時は想像の中で好きな人をメチャクチャに壊しています。今はこれでなんとか耐えています。でもその内我慢しきれない時がくると思うと少し怖いです』

日記はそこで終わっていた。

日記を読んだのは俺と新條だけだった。

覗《のぞ》こうとする助手子には新條が「これは大人にならないと読んじゃだめなんだ」と言って優しく手で目を覆った。

確かにショッキングだった。こういう人間が存在することは知っていたが、目の当たりにすると軽い頭痛が起きた。刑事の俺でさえこうなんだ。助手子に読ませたら卒倒する。

一方で新條は平然な顔をしていた。曰《いわ》く、「予想の範囲内だ」らしい。

心の準備ができてなかった俺としては羨《うらや》ましい限りだ。

落ち行く夕日を見ながら俺は運転していた。助手席では新條が頬杖《ほおづえ》をついて外の景色を眺め、後部座席では遊び疲れた助手子とねこ達が寝ていた。

一人と二匹を起こさないように俺は普段よりも慎重にギアチェンジした。

そのせいもあり車内は静かだった。その静けさが逆に事態の深刻さを露《あら》わにする。

俺が求めていた物。いや、それ以上の物が手に入った。本来なら喜ぶべきだ。

だが俺にそんな余裕はなかった。パンドラの匣《はこ》を開けてしまったような気がした。率直に言えば求めていた真実とは違う。

だが同時にあの日記を読んで道理が合った自分もいる。

砂川悟は異常性癖者だった。これが本当の動機だ。

ハンドルを握る手に汗が滲《にじ》む。まだイヤなドキドキが続いていた。

分かってしまえば簡単な事件だった。だがまだ終わってはいない。これは終わった事件だ。本人に聞くまでは憶測の域を出ることはない。

俺は黙ったままの新條を一瞥《いちべつ》し、前を見ながら静かに尋ねた。

「……そう言えば誰かに会ったんだろ？　誰に会ったんだ？」

「ホームレスのおじさんだ」新條は窓の外を見ながら答えた。「何か知っていることはないかと思ってね」

「どういうことだ？　砂川悟の秘密基地は日記の通りあそこにあっただろ？」

「それじゃない。人の習性の話さ。君も知ってるパブロフの犬と同じだ。何度も同じことを繰り返すと習性ができる。それは犬だけでなく人もそうなのさ。スキナーという学者がラットを使ってある実験をした。箱の中に入れるとそこにはレバーがある。そのレバーを押すと餌《えさ》が出てくる仕組みだ。そのことを知ったラットはレバーを押すようになる。これを報酬《ほうしゅう》による強化と言い、スキナーはオペラント条件付けと名付けた」

「それが今回の事件と関係あるのか？」

「ほんの少しね。簡単に言えば労働と報酬だ。人は報酬が貰《もら》えることを知ると同じ行動、つまり仕事を繰り返す。言い換えれば金によって人は操作できるのさ」

当たり前のことだが、面と向かって言われると気分はよくないな。

「買収ってことか?」

「そうとも言えるし、そうじゃないとも言える」新條はあまり興味がなさそうだった。

「大した問題じゃないさ。それより今後はどうするんだ?」

本題に入られ、俺は少し躊躇《ちゅうちょ》した。

「……今面会の申請をしてる。それが通れば砂川悟に直接会って聞きたいと思ってる」

「それには賛成だな。私も同意見だ」

「あのな。だからってお前が会えるわけじゃないぞ?」

「どうだろうね。この業界には案外私のファンが多いんだよ」

新條は意味深な笑みを浮かべる。俺としては悪い予感しかしない。

新條はまとめた髪を指で遊んだ。

「つまり申請が通るまでは暇なのか?」

「暇ってなあ。警察って忙しいんだぞ? なにか大きな事件があれば家に帰れないなんてことはザラにあるんだ」

「この町で大きな事件なんてそうそう起きないだろう。ちょうどよかった。なら一つ調べてほしいことがある」

暇じゃねえって言ってんだろ。

「……何が知りたいんだ？」

「砂川夫婦が経営していた広告代理店だ。空いている時でいいから見てきてくれ」

「代理店？　今更そんなところ調べてどうなるんだ？」

「それは調べてみないと分からない」

なんだそれ？　そんなことのために国家権力を使おうとするな。

「……あのな。会社の従業員は全員取り調べを受けてるんだ。みんな口を揃《そろ》えて『良い会社だった』『砂川晋作は良い経営者だった』って言っている」

「だろうな」

「だろうなって……」

「これで最後だ」新條は夕日を見つけて言った。「それで全部終わる。真実が知りたいんだろう？」

新條の神妙で美しい横顔に負けた俺は「分かったよ」と言って了承した。

新條は嬉しそうに笑い「良い子だ」と言うとそのまま家に着くまで眠りについた。

結局家に着いても二人は起きず、俺が一人ずつ背負って中に運んだ。

「……重い」

俺が思わずそう零すと寝ているはずの新條に足で蹴られた。

なんとか二人をソファーまで送り届けて車に戻ると二匹のねこが待っていた。

「……お前らは自分で帰れ」

そう言うもののソーンとダイクは動かずにしっぽを振っていた。俺は嘆息《たんそく》し、結局二匹も家に運んで、その上カリカリのメシまでやってから再び車に戻った。

あの二匹にも手伝ってもらったからな。そう言えばダイクが持ってきたあの錠剤《じょうざい》はなんだったんだ？　まあいいか。今重要なのは砂川悟について調べることだ。

俺は新條の眠る変な家をちらりと見上げてから静かに車を走らせた。


家に帰った俺は早速ゲームのために買ったねこが二匹くらい入りそうな馬鹿でかいパソコンを起動させて検索を始めた。気になる単語を入力するとある専門用語が出てくる。

性的サディズム障害。

相手に肉体的、精神的なダメージを与えることで興奮を覚える。ほとんどのサディスティックな行為は相手の合意によって行われるが、性的サディズムは合意がなかったり、相手を死なせてしまうことがある。

なるほど。つまり普通のＳＭみたいなものではなく、一方的なサディズムってことか。

相手のことを考えることなく、自分の快楽のために攻撃し、時には死に至らせる。

調べていくとまた別の用語が出てきた。

パラフィリア。

合意なく自分やパートナーに与える苦痛に対して、性的興奮をもたらす空想や行動をパラフィリアと言う。日常生活に支障をきたす場合はパラフィリア障害と呼ぶ。小児性愛やさっき調べた性的サディズム障害などもこれに含まれる。

つまりやばい空想を現実のものにしてしまうってことか。

あの日記に読む限り、砂川悟はこの二つが合わさってる可能性があるな。

好きな相手を痛めつけて興奮する。それが良くないことだと分かり、妄想で我慢していたが、ついには日常生活に支障をきたすまで悪化してしまった。

道理が合う。見事なまでに合っていく。

なのにそこにあったのは爽快感《そうかい》ではなく違和感だった。

新條はこれを知っていたはずだ。なのにどうして気にもとめず、それどころか砂川夫婦の経営する会社を調べろって言ったんだ？　まさかあの白い錠剤と関係があるのか？

くそ。せっかく謎が解けて気持ちの良い休日の夜を過ごせそうなのに。

俺は半ば惰性でパソコンに入れているゲームを起動した。だが中々勝てない。

「……くそ。ラグいな」

パソコンに差している有線LANのケーブルをちらりと見るが問題はない。と言うことは相手側の問題か。ったく、無線でやるなよ。

そう言えば砂川悟もちゃんと有線でやってたよな。若い子にしては珍しい。

大抵は機材がなくて無線になる。二階だと工事とかも必要だ。まあそれも金持ちだから望めばなんでも手に入ってしまうんだろう。だからこそ歪《ゆが》んでしまったのかもしれない。

気が乗らず、ゲームをやめると俺はすぐに寝る準備をした。

いつもより二時間も早く床についたからか、俺はしばらく眠れなかった。


翌日。寝不足気味の俺がコーヒーを浴びるように飲んで完全に目を覚ましたのは午後になってからだった。

新條には砂川夫婦のやっていた会社を調べろと言われたが、こっちも仕事で忙しいし、後回しでいいだろう。

なんせ面会の申請が通らない限りは砂川悟に事件のことを確認することはできないんだ。俺としては材料は揃ったし、これでようやく日常を取り戻せる。

やっと納得できる。そう思った矢先、恋宮《れんぐう》先輩に呼び出された。

「ちょっと来て」と言われて廊下《ろうか》に出ると先輩は周囲を見渡した。

俺は首を傾《かし》げる。

「なんですか？」

「それが——」

話を聞いて俺は目を見開いた。先輩と共に急いで取調室へ向かう。

砂川夫妻が経営していた広告代理店。そこで働いていた元会社員が特殊詐欺《さぎ》の受け子として逮捕された。しかも自宅からは乾燥大麻が出てきたと言う。

俺は先輩の取り調べに同席することにした。後ろでは畑中《はたなか》が調書を作っている。

そこにいたのはどこにでもいる若者だった。

香川孝夫《かがわたかお》。二十七歳。無職。都内の大学を卒業後、数ヶ月前まで砂川晋作の広告代理店で働く。

普通だ。つまらないほど普通の経歴を持つ普通の男だった。

その男が背中を丸めて俯《うつむ》き、怯《おび》えている。当たり前だが犯罪はたった一度で普通の男を犯罪者に変えてしまう。捕まって初めて彼はそのことに気づいたんだろう。

恋宮先輩の目つきが鋭くなる。怖かった。女だからと犯罪者に舐《な》められるのは許せない。そういった気持ちが背中から伝わった。

「動機はなに？　犯罪だって分かってるでしょ？」

「……お金、なくて………」

香川は事件の経緯を話し始めた。

砂川夫妻が殺されて仕事を失うがコロナで再就職は難しかった。失業保険でなんとかやりくりしていたが、パチスロで負けて借金が嵩《かさ》み、それらのストレスから逃げるために大麻を始めたが支払いができなくなった。すると売人から闇バイトを持ちかけられた。それが特殊詐欺の受け子というわけだ。

一度成功すれば大麻も買える上、ギャンブルもできる。誘惑に負けた香川は闇バイトを始めた。何度か成功させ、もうそろそろやめようかと思っていた矢先、責任者と呼ばれる男から個人情報を出汁《だし》に脅され、やめられなくなったというわけだ。

警察署にいれば耳にたこができるほど聞いたよくある話だった。若いと中学生から出し子や受け子で捕まっている。最近では大学生の詐欺集団も珍しくない。みんなコロナでバイトがなくなり、金がないからと声を揃えるが、だからと言って許してくれるほど世の中は甘くなかった。

ある程度聴取が終わると俺が質問を代わった。

「聞きたいんだが、砂川広告代理店で働いていたんだな？　どんなところだった？」

いきなり質問の毛色が変わり、香川はポカンとしていた。

「あの、どんなって?」

「なにか変わったところはなかったか?」

「べつに普通の会社だったと思いますけど……。ああでも、あえて言うなら……」

「言うなら?」

「社長が良い人でした」

またた。俺が砂川晋作の裏を探ろうとすると決まってこう言われる。

良い人だった、と。

「……具体的には?」

「そうですね……。えっと、良い意味で昔気質《むかしかたぎ》っていうか。ほら、中小企業だと俺の言うことを聞けって社長が多いじゃないですか? 自分は仕事柄よく他社に出向くんですが、本当に偉そうな人が多くて。でもうちの社長はそうじゃなくて、俺が責任取るからのびのびとやれって言う人だったんですよ。だからみんなついて行ったし、尊敬もしてました。器がでかいっていうか、本当に社員のことを考えてくれてました。多分、もうあんな人の下で働くことはないだろうな……」

しみじみとそう語る香川は働いていた時を思い出しているようだった。

「妻の若菜はどうだった？　二人の仲は円満だったか？」

「そりゃあもう。秘書さんはとにかく優しくて、僕らにもよくしてくれました。社長とも仲が良くってずっと新婚気分でしたね。経理としてもよく働いてました」

「どっちかが浮気してたとかは？　そういう噂《うわさ》を聞いたことはないか？」

「浮気？　ないですよ。そりゃあ普通の夫婦ならそういうこともあるんでしょうけど、あの二人に限ってそれは絶対ありません。断言できます。すっごく仲が良かったです」

香川はそう言い切った。天地神明に誓ってそれはないって言い方だ。よっぽど仲が良かったんだろう。噂もないってことはほぼ確実だな。

「子供とはどうだった？　大事にしてたか？　高い要求をしてたとかは？」

「いや。全然。娘さんはすごく優秀でよく表彰状を貰《もら》ったって自慢してました」

「息子は？」

それを聞くと香川は少し言いづらそうに目線を泳がせた。

「……自分が知る限りは普通に接してました。息子には息子のペースがあるからって。社長も気にはしてましたけど、仕事も忙しかったですし。でも本当に虐待《ぎゃくたい》とかはないと思います。そういう噂が流れたけど、あれは腹が立ちました。そんな人じゃないです。だからあんなことになってみんな驚いてました。まさか実の息子に殺されるなんて……。幸せな家族だと思ってたのに、世の中分からないものですね……」

　全くだ。広告代理店ってことはこいつもそれなりに稼《かせ》いでいたはずなのに、仕事がなくなった数ヶ月後にはこんなところにいるんだから。

「砂川夫妻が殺されてから会社はどうなったんだ？」

「どうって、解散ですよ。退職金は出ましたけど、一月分の給料くらいですね。専務が続けるとか言ってましたけど、それもすぐに取り消しになって……。まあ社長あっての会社でしたし、コロナで売り上げも減ってましたから……。あの時はもう少し楽に転職できると思ってたんですけど……甘かったです……」

　がっくりする香川に俺は呆《あき》れた。捕まったってのに罪の意識は薄いらしい。

　これ以上有益な情報は得られそうにないな。俺は先輩に頷《うなず》くと再び交代した。

「…………あの、僕、どうなるんでしょうか？」

　香川が恐る恐る尋ねると、先輩は至って静かに告げた。

「一概には言えないけど、実刑になる確率が高いわね。一度だけでもないし、犯罪だと分かっていて手を染めている」

「前科がつくってことですか？　執行猶予とかは？」

「実刑って言ってるでしょ。何年かは塀《へい》の中から出られないわよ」

「そんな………。だって、一回で十万とかしかもらってないんですよ？　なのに僕は捕まって指示した人はお金だけ持ってなにもないいんですか？」

「気持ちは分かるけどあなたは組織的な詐欺犯罪に協力し、それを理解した上で複数回犯行を繰り返して報酬《ほうしゆう》をもらってるわ。決めるのは裁判所だけど、二年は覚悟しておいて」

具体的な数字を聞くと香川は肩を落とし、ようやく自分のした行為を理解した。

「つい魔が差しただけなのに………」

俺としてはなにか目新しい情報はないものの、新條の依頼を楽に片付けられて運が良かった。

その日の夜に香川のしたことを伏せて得た情報を新條に電話で話すと、「分かった。あとはこちらで調べてみる」と満足そうに答えた。

一体なにに満足したのかは知らないが、それからしばらくはいつも通りの日常に戻った。

事件のことを頭の片隅で考えながら普通に仕事をし、普通に夜勤をし、普通にゲームをして過ごした。

来たる日が来るまで粛々《しゆくしゆく》と。

八話

chapter 8

そして面会の日がやってきた。

本来重大な事件を起こす少年は心身のどちらかが病んでいて医療少年院に入れられることが多いが、砂川悟《さがわさとる》に精神疾患《しっかん》は見受けられず、普通の少年院に入院している。

刑務所は何度か行ったことがあったが、少年院は初めてだった。収監されているのが子供だからか、刑務所ほどの圧迫感はない。

だが法務教官は皆緊張感を持っていて、やはりここは矯正のための施設なんだと再確認させられた。施設はそれなりに新しくて綺麗《きれい》だ。厳重な警備がされてる学校みたいだった。

廊下《ろうか》を少し進むと面会室に通された。こちらも中は綺麗で広かった。刑務所にあるガラスで遮《さえぎ》られ、その間に小さな穴が空いているみたいな場所じゃない。

学校にあるカウンセリング室。あれに近かった。椅子《いす》と机がいくつか置いてあるだけで仕切りはない。これだと物を渡せたりするだろうに、どうやって対策してるんだろうか？

そう言えば祖父の総一郎《そういちろう》はよく面会に来ているらしい。一体なにを話しているんだろう。

しばらくして廊下に二つ人影が見えた。法務教官に連れられ、一人の少年が入ってくる。以前と違って坊主頭だ。頭を丸められるのは刑務所と変わらないらしい。紺色の作業服のようなものを着ている。

俯き加減だった視線が持ち上げられ、俺を捉える。その瞬間言い表せない衝撃が走った。目だ。普通の人間の目じゃない。だからと言って凶悪犯の荒《すさ》んだ目でもなかった。その瞳は澄み切っていて、こちらの心を見透かすようだった。

圧倒させられてる。十四歳の子供に警察官の俺が。

初めて会った時よりも砂川悟の中のなにかは研ぎ澄まされており、それが俺に目に見えない威圧感めいたものを与える。

砂川悟が着席し、法務教官が遠ざかると俺は先手を打って空気を変えようと口を開いた。だが後《ご》の先《せん》を取ったのは砂川悟だった。

「ああ。パトカーに乗った時の人ですか」砂川悟は静かに笑った。「すみません。名前を聞いてもピンと来なかったので。あの時のお姉さんか眼鏡《めがね》の人なら覚えてたんですが」

「……いや。覚えてなくても仕方ない。実際話したのはトイレの時くらいだったからな」

「トイレ……。ああ。あの時もそうでしたね。その節はありがとうございました」

砂川悟は座ったまま小さく頭を下げた。

言葉遣いといい、仕草といい、一見礼儀正しい少年に見える。だがその目は常に俺を探り、静かに見透かしてくる。飲み込まれるという感覚に近い。

意識を変えろ。こいつは殺人犯だ。乗せられるな。

「それで、今日はどういったご用件ですか？」

砂川悟は柔和に尋ねた。

俺は自分のペースを握るため、少しの間沈黙し、そして単刀直入に告げた。

「……俺は真実を知りたい」

「……仰《おつしや》っている意味がよく分かりません。そもそも真実が分かったから僕はここにいるんじゃないですか？」

「君は嘘をついている」

惚ける砂川悟に俺はそう告げた。一瞬だが彼の顔つきが変わった。

「嘘？」

「君はあの夜のことを覚えているはずだ。記憶障害はない」

砂川悟は沈黙した。なにかを考えているような、それでいて余裕は失われていない様子だった。俺は静かに続けた。

「もう一度言う。俺は真実が知りたいんだ」

「そんなことを知ってどうするんですか？」砂川悟は諭すように言った。「この世界には知らなくてもいいことってたくさんあると思うんです。例えば普段食べている物に使われている名前の知らない調味料とか、自分が着ている服を誰がどんな労働環境で作っているとか、恋人の過去とか」

「殺人の理由とか？」

俺が言葉を遮ると砂川悟は微笑した。

「知らないでいいことを知る必要はありません。それが気楽に生きる上で必要なことだと僕は思います」

「同感だ」俺は頷いた。「人間、知ったからこそ怖くなる。ただの暗闇だってそこに何かが潜んでいると知れば踏み込めなくなるもんだ。だけどな。たとえそうだとしても人が知りたいと思う気持ちは止められないんだよ」

「好奇心は人を不幸にしますよ」

「好奇心は人を新たな景色に連れて行ってくれるんだ。人はそうやって生きてきた」俺は右腕を机に置いて重心を前に傾けた。「俺の心配はいい。覚悟ならもうできてる。それに君の心配もいらない」

「……どういう意味ですか？」

「俺はここに個人的な好奇心で来ている。真実が分かったってそれを上に言う気はない」

「刑事としてそれはいいんですか？」

「ダメだ。ダメだが事件はもう終わってる。今更蒸し返す必要もないさ。被害者が再調査を望んでるわけでもないんだからな。なにより大人は仕事を増やしたくないものなんだ」

砂川悟は僅《わず》かに眉《まゆ》をひそめた。

「ならなんで？」

「言っただろ？　俺個人の問題だ。道理に合わないことは許せない質《たち》なんでな」

「めんどくさい人ですね」砂川悟は苦笑した。

「よく言われるよ」

俺が肩をすくめると砂川悟はほんの少し面白そうにした。

「一つ言えることは僕からなにか言うことはないということです。真実を……。なにをもって真実というのかは知りませんが、それを知りたいのならあなた自身が導くしかない」

本当に十四歳なのかと思うほど大人びた対応だった。少年院での教育を抜いてもしっかりしすぎている。これは取り調べの時には感じなかった。やっぱりあれは演技だったんだ。

「……認めるんだな。殺人の理由が事件の取り調べと違うことを」

「これは認める認めないの話ではありません」砂川悟は冷静に言った。「ただあなたの話を聞く。それだけです。それに真実はいつだって合理性の名の下に佇《たたず》むものですから」

「…………いいだろう。俺も道理は好きだ」

俺は重心を元に戻し、少し間を置いた。その間も砂川悟は落ち着いていた。今から自分のやったことを暴露される少年にしては大人しすぎる気もしたが、とにかく俺はここ数ヶ月調べて導いた答えを言葉にするだけだ。

俺は持ってきた鞄《かばん》から河川敷で見つけた日記を取り出した。

「これがなんだか分かるな？」

砂川はなにも答えなかったが、その目は確かに日記を知っていた。

「君が隠した本当の日記だ。中を見て驚いたよ。まさか君にこんな本性が眠っていたとはね。そしてこのせいで君の両親は殺された」

両親。その言葉を聞いて砂川悟は微《かす》かに反応した。

「君は性的サディズムやパラフィリアの傾向があった。これは簡単に言えば好きな人に対して攻撃的だってことだ。自覚はあったんだろう。だから我慢したはずだ。誰にも攻撃しないように昼夜意識を割いた」

「その証拠はあるんですか？」

「ある。君が通っていた小学校に大友《おおとも》さんという女の子がいたね？」

その名前を聞いて砂川悟はほんの少しだけ目を見開いた。

「時間があったから調べたが、大友さんは小学四年の時に教室で頭を打って病院に運ばれている。会ってみたら確かにあの時君は近くにいたと言っていたよ。この日記の通り、君は足を引っかけて転《こ》かしたんだ。歪《ゆが》んだ愛情表現のためにな」

砂川悟は黙り込んだ。静かに俺の話を聞く。だがその目はどこか冷静に見えた。なにかジグソーパズルを組み立てているような落ち着きがある。

「その時君は自分の考えが世の中に受け入れられないことを知った。同時に自分の本性を隠すことを誓ったはずだ。苦しかっただろう。まだ子供の君が自分を制御するのは。思春期特有の妄想なんかもあったはずだ。だが君は耐えた。約四年も。でもそれがまずかった」

俺は小さく息を吐いた。砂川悟は黙ったままだ。

「誰かに相談できていれば変わったかもしれないが、両親は仕事で忙しく、姉との仲もそれほどよくない。さらに友人も少なかった君はこの悩みを一人で抱え続け、そしてついに手から溢《あふ》れた。それがあの夜だ。君の我慢は愛する両親を殺すという最悪の形ではじけた」

俺は緊張感をほぐすために息を吐いた。

砂川悟は変わらず静かに話を聞き続ける。

「君の両親が殺されたのは憎まれていたからじゃない。勉強を押しつけたり、こう生きろと強制されたと思われてきたがそうじゃなかった。あの二人は君の唯一とも言える理解者だったんだ。もちろん完全に理解していたわけじゃない。ただ君の生き方を肯定してくれたのは間違いない。だが君の姉、砂川立夏《りっか》は違った。優秀な姉は大人しくこれといって目立ったところがない君にあれこれと言っていたんだろう。もっと頑張れとか、友達を作れとか。君はそれを鬱陶《うっとう》しく思い、嫌っていた」

砂川悟はようやく口を開いた。

「たしかに姉さんはうるさかったですね。お節介《せっかい》と言うかなんと言うか、社会的な価値観が全てというタイプの人でした。みんなに認められたい。だからこそ頑張ってましたね」

「ああ。だがそのおかげで砂川立夏は殺されずにすんだ。君に嫌われるとはいかなくても好かれなかったおかげで犠牲者《ぎせいしゃ》にならなかった。なぜなら君は好きな人を攻撃してしまう。あの夜。君はついに我慢できなくなった。だがその前から予兆はあったんだろう。君はいつか自分が我慢しきれなくなることを知っていた。だから事前に父親の部屋からナイフを持ち出し、本当の日記を隠した。そして隠した日記をいつでも回収できるように暗号も用意したんだ。事件が起きた原因はおそらく砂川立夏だ。彼女は受験生だった。当然親はサポートにまわる。君は寂しかったはずだ。唯一の理解者に見放された気持ちになったんだろう。そしてあの夜、君は下の階で話す両親の声を聞いてしまった。内容は分からないが、あいつは大丈夫だろうかという話題だろう。姉の立夏は優秀だから問題なさそうだが、君は違うと見られていた。君はそれを両親から失望されていると考えたんだろう。この世で唯一好きな両親を姉に取られていた。両親を姉に取られた。そう思った君はナイフを取り出して下の階に向かい、両親を殺した。それは君なりの愛情表現で、二度と両親を姉に奪われないようにするために必要なことだった」

話を聞いていた砂川悟は少し呆《あき》れていた。

「なるほど……。ありそうですね。でも疑問があります。僕はどうやって両親の会話を聞いたんですか？　盗聴器？　それとも下にあった電話から？」

「盗聴器なら警察が見つけてる。電話だって繋《つな》がっていれば不自然に思って調べるさ。そんな手の込んだことをしなくても君はあの部屋から下の書斎の話を聞けたんだ。壁に耳を付けるだけでな」

砂川悟は小さく笑った。

「うちの床はそんなに薄くないですよ。それくらいじゃ話は聞けません。嘘だと思うならやってみてください」

「俺は床とは言ってない。壁って言ったんだ」

俺はあの日撮った写真を取り出した。それは砂川悟の部屋にあった壁に埋め込まれたコンセントだった。そこからケーブルが伸び、ゲーム機に向かっている。

「これはLANケーブルだ。君はゲームを有線でやっていた。調べてみるとこのケーブルは下の階にある書斎に繋がっている。最初は仕事で使うために引いたのを君のゲームのために伸ばしたんだろう。これをするには当然工事が必要になるが、自分でやることも可能だ。そして実際君の父親はそうした。壁に穴を開け、壁の中を通してケーブルを這わせた。結果的に君は快適なオンライン環境を手に入れたが、もう一つ得たものがあった。音だ。素人《しろうと》工事が祟《たた》ったんだろう。床からは聞こえないが、壁伝いに書斎の音を聞くことができるようになった。これがバレることはほぼない。書斎に誰かいる状態で君の部屋に入らないといけないんだからな。分かってしまえばくだらないからくりだが、上からの音が静かなら下の書斎にいる父親は音が漏れているなんてことに気づかない。君の部屋にはヘッドホンがあったからゲームの時はそれをしていたんだろう。そうやって君は壁に耳をつけ、それを夜な夜な両親の会話を聞いていたってわけだ。もしくはゲーム用のマイクで集音し、それをヘッドホンで聞いていたか。ゲーム機には調整用の機能があるからな」

そこで初めて砂川悟は意外そうな顔をした。俺を注意深く見つめる。

「……マイクのことがバレたのは初めてです。ある意味バカバカしいから誰も気づかないと思ってたんですけどね」

「俺もゲーマーだからな。君の部屋で有線LANを見た時に確認したら壁のコンセントが少し歪んでたんだ。プロならあんなことにはならない」

「そうですね。父さんはしばらく前からDIYに凝《こ》ってたんですけど、実のところあんまり器用じゃないんで。それでも嬉しかったですけど。ネットが安定したおかげでレートは随分《ずいぶん》上がりました」

砂川悟は懐かしそうに笑うが、こっちはそんな気分じゃない。

「君はその音を頼りにナイフも手に入れたんだろう。大方ダイヤルを回す時に君のお父さんは口で番号を確認とかしていたんじゃないか？　家の中なら警戒心も薄いだろうし」

それについては砂川悟はなにも答えなかった。

「……とにかく君はその音を頼りにして犯行に及んだんだ。父親が部屋から出るのを上で待ち、音がしたらすぐさま下に向かって持っていたナイフで殺害。それからリビングに行って母親も殺した。全ては愛を示すために」

「意外と詩的ですね」

砂川悟は目を細くした。馬鹿にした言い方ではなく、どこか共感しているようだった。

俺は少し声のトーンを落とした。

「この事件は計画犯罪だった。だけど最も恐ろしいのはそこじゃない」俺は砂川悟の目を見て言った。「この事件の完全犯罪性だ」

「完全犯罪？　こうやって捕まってるのにですか？」

「そうだ。あくまで性だけどな。君は周りが思っているより優秀だった。特にこの手の策を巡らせることには長けていたんだろう。そんな君はもちろん両親を殺したあとのことも考えていた。つまりどうすれば罪を軽くできるかをだ」

俺はテーブルに置いた日記を指さした。

「まずはこれを隠した。精神的な疾患があると分かれば医療少年院に送られる。そうなれば病歴がついてしまう。君はそれを回避したかった。当然だ。ここから出たあとは普通に働くつもりなんだ。少しでも不利は減らしておきたい」

俺は人差し指を伸ばして続けた。

「そして無意識だ。犯行時に心神喪失《しんしんそうしつ》であったという状況を限定的に作り出せば刑は軽くなると読んだんだろう。実際警察は動機を見つけられなかった。なら無罪にはならなくても減刑の可能性は十分ある。だがこれは諸刃《もろは》の剣だ。精神疾患だと思われると医療少年院に送られてしまう。だから君は一時的な記憶障害と見られる状況を作り出した。犯行を覚えてないと主張し、通報されて警察が来るまでその場を一歩も動かなかった。君の計画通り事は進んだってわけだ。ただし」俺は砂川悟を指さした。「最後の最後で君は油断した。きっと計画が成功する自信があったんだろう。畑中《はたなか》が来た時に勝利を確信して笑ってしまったんだ」

「……ああ。あの刑事さんはそういう名前だったんですね。あの時笑ったのはその畑中って人があまりにも間抜けな顔をしたからですよ」

「まあその言い訳もあながち嘘じゃないんだろうな。俺だってあいつの顔でよく笑う」

俺が冗談を言うと砂川悟は微笑した。

「話はこれで全部ですか？」

「ああ」

俺が頷《うなず》くと砂川悟はどこか満足そうにした。

「そうですか。面白いお話でした。どうやら僕は極悪非道な異常者みたいですね」

「みたいじゃない。極悪非道な異常者だよ。それで？」

「なにがですか？」

惚《とぼ》ける砂川悟に俺は苛《いら》ついた。

「俺の考えは合ってるのか？　……これが真実なんだろ」

「さあ」砂川悟は余裕を垣間見《かいまみ》せた。

「さあって……」

「ただその話が本当なら僕は非常に攻撃的ってことですよね？　でもその兆候が両親の死体から見られましたか？」

「それは………」

俺は思わず黙ってしまった。たしかに二人ともほとんど傷つけられてない。もし砂川悟に攻撃性があるのなら死体はもっと悲惨《ひさん》なことになっているはずだ。

「……君が意図的に隠したんじゃないのか？」

砂川悟は肩をすくめた。

「かもしれませんね。少し驚きました。特に下の階からどうやって会話を聞いていたか知っているとは思ってもいませんでしたよ。だからそうですね。三十点ってところです」

低すぎる評価に俺はむっとした。

「ふざけるな」

「ふざけてません。せっかく善意で答えてあげたのに。それに僕は真面目《まじめ》です」

砂川はここで初めて真剣な表情を見せた。瞳の奥で力強い信念が燃えているみたいだ。

「いつだって僕は真面目なんです。だからあなたはここにいる」

「俺？　どういう意味だ？　おい！」

俺が大声を出したのがまずかったのか、離れていた法務教官が近づいてきた。

「どうかしましたか？」

「あ、いえ……」

「そうですか。では時間なので。おい」

法務教官に呼ばれると砂川悟は静かに立ち上がった。その表情は来た時と同じで余裕があった。

「今度は差し入れに本でも持ってきてくれると嬉しいです。できれば経済のがいいですね。では、ありがとうございました」

「ちょっと待てよ！」

俺はもう少し時間が欲しいと頼んだが認められなかった。

砂川悟は俺に一礼すると微笑をたたえ、元来た廊下《ろうか》に戻っていった。

俺はそれをただ見つめるしかなかった。じわじわとしたやるせなさだけが去来した。

俺は少年院を出ると建物を見て嘆息した。

親でもない俺の許可が次に下りるのはいつだろうか？　もしかしたら砂川悟が卒院するまで会えないかもしれない。

塀《へい》の外に出たら追跡はほぼ不可能だ。そうなれば真実を摑《つか》むのは不可能に近い。

敗北感。俺はそれを抱えていた。だからこそ諦めきれずにこうして建物を眺めている。

なにが違ってたんだ？　それとも合っていた？　合っていたけどはぐらかされたのか？

でもあの三十点って点数はやけにリアルだった。

「くそ……。道理が合わねえ………」

俺は独り言を零《こぼ》すとしょんぼりとして歩き出した。

絶対新條《しんじよう》に笑われる。もうこれは確定事項だ。助手子《じよしゆこ》にも馬鹿にされるだろう。もしかしたらねこ共にも下に見られるかもしれない。俺はねこ以下か……。

げんなりしながら駐車場に向かい、車に乗るとまたため息が出た。発車しようとすると前をタクシーが通る。俺はそれを待って車を出した。

せめてお土産《みやげ》でも買って帰るか。そう思いながらちらりとバックミラーを見ると、なんとそこにタクシーから降りる新條が映っていた。

俺は思わず急ブレーキをかけた。エンストした車の窓を開けて後ろを見るとやっぱりあいつがいる。

白衣を着た新條は楽しそうにスキップして長い髪を揺らしながらさっきまで俺がいた建物に入っていく。

「あいつ……。なんで………？」

決まってる。砂川悟に会うためだ。

そしてあいつはきっと俺の知らない真実を知っている。

あいつのむかつく笑顔からそう直感した俺はすぐさま車を戻し、建物に戻った。

だが面会を終えた俺をそう快く入れてくれるほど少年院のセキュリティは甘くない。

すぐさま警備の人に止められた。

「どうしましたか？」

「え？　あ、えっと、忘れ物してしまって……。その、警察手帳を……」

「場所はどこですか？」

「あー、多分面会室です」

「分かりました。見てきますのでお待ちください」

「え？」

ここで待たされても意味がない。

「いや、自分も行きます。でないと分からないと思うので」

警備の人は同僚と話して頷《うなず》いた。

「分かりました。ではついてきてください」

そう言われて渋々とついて行ったがこれだと新條を探せない。俺は先ほど行った面会室で机の下を探すフリをして懐にあった警察手帳を取り出すと、引き返す際に腹を押さえた。

「うお！」

「どうしました？」

「急に腹痛が……。あー。これはダメだ。数年に一度のやつがきた。いや、百年に一度かもしれない。トイレ、トイレはどこですか？」

「訪問者用のは玄関の近くにあります。そこまで我慢してください」

慌てる警備員に俺はかぶりを振った。

「ダメです！　もうやばいことになってる！　この近くにはないんですか？」

「え？　それならここを行って右に曲がったところに――」

「あるんですね⁉　じゃあ行ってきます！」

「いやちょっとあんた！」

制止を振り切り俺は廊下を走って右に曲がった。そしてすぐ近くにある階段の陰に隠れた。後から追ってきた警備員にはトイレに入ったと思わせるために。

作戦は功を奏し、警備員は呆《あき》れた顔でトイレの方に歩いて行った。

「ここで待ってますから終わったら声をかけてください」

もちろん俺は返事をしない。警備員が待っている間に新條を探し出した。

警備の目をくぐり抜け、大きな建物の中を進んでいく。教室で授業を受けている院生を見ると普通の学校に迷い込んだかに思えた。みんな丸坊主なことを除けばだが。

廊下を移動して新條を探し回っていた俺は法務教官と鉢合わせしそうになって近くの部屋に忍び込んだ。

するとそこだけ他の部屋と毛色が違う。よく見るとベッドがあった。医務室だ。

これからどうするか考えていると隣の部屋から聞き覚えのある声が二つ聞こえた。

「ハロージーニアス」楽しげなこれは新條の声だ。

「……あなたが新しい処遇カウンセラーですか」こっちは警戒した砂川悟のものだった。

俺は部屋を移動して隣に繋《つな》がっているドアの小窓から中を覗《のぞ》くとカウンセリング室のようなところで二人が椅子《いす》に座って対峙《たいじ》していた。

どうやら俺は奇跡的に新條を見つけていたらしい。

それにしても処遇カウンセラーってなんだよ。まさかそんな手があったとは。

新條の抜け目なさに呆れていると外が慌ただしくなってきた。俺を探しているのだったら謝らないと。ただしこいつらの話を聞いてからだ。

新條は女医のような姿だった。白衣にミニスカート。長くて細い足がすっと伸びている。

胸元も開いている。

あいつのことだ。中学男子なんて色気があればイチコロだとでも思ってるんだろう。

だけど砂川悟はそう甘くはない。興味すらなさそうだった。

新條は長く白い足を組んだ。いつもはまとめている長い髪をさらりと広げる。

「さっきはうちの道筋《みちすじ》が失礼したね」

「道筋？　……ああ。あの刑事さんですか」

それだけで砂川悟の気配が変わった。警戒感を強めている。

「知り合いなんですか？」

「ああ。ただならない仲だ」

おい。

「学生時代に告白もされている。もはや夫婦と言って差し支えないだろう」

あるわ！　ふざけんなよ。人がいないところで好き勝手言いやがって。大体お前が断ったんだろうが！

「今は二人で助手子という名の娘を育てている」

怒濤《どとう》の勢いで積もる嘘に俺は内心怒鳴りたいのをなんとか歯を食いしばって我慢した。

新條の冗談に砂川悟は興味なさそうだった。

「それで？　わざわざ呼び出したわけはなんですか？　まさか普通にカウンセリングしてくれるんですか？」

「それも悪くないな。君には救済が必要だろうし。なんせまだ子供なのだから」

砂川悟の瞳が鋭くなった。新條はそれを悠々《ゆうゆう》と受け止める。

今のだけではよく分からなかったが、二人には意味が通ったらしい。

見つめ合う二人に甘さや優しさはなく、ただ厳しさだけが交わされている。

沈黙を破ったのは意外にも砂川悟の方だった。

「……一つ聞いていいですか？」

「どうぞ」

砂川悟は目を動かして新條を上から下まで見た。そしてなにか確証を得たような厳しい顔をして言った。

「あなたは男ですよね？　どうしてそんな格好をしてるんですか？」

「ほう」

新條は興味深げに驚いた。同時に俺も驚く。

砂川悟はなんでそのことに気づいたんだ？　あの頃の俺は気づけなかったのに。

「やはり察しが良いね。君のように勘が良い子は大好きだよ」

楽しそうに笑う新條に対し、砂川悟はぴくりとも表情を変えなかった。

新條は目を細め、砂川悟を見ながら小さく頷いた。

「そうだな。今から君の知られたくない過去を暴いてしまうんだ。なら私も自分のことを話してこそフェアと言える」

新條はあくまで余裕を失わなかった。一方で俺といた時はあれほど自信があった砂川悟から微《かす》かだが動揺《どうよう》が見える。

新條は自分の胸に手を当てた。

「私はね。Xジェンダーなんだよ」

「Xジェンダー……」

さすがの砂川悟も知らないらしく、眉《まゆ》をひそめる。新條は頷いた。

「そう。その中でも不定性にあたる。簡単に言えば男でもあるし女でもあるんだ。そしてその二つを行ったり来たりしているんだよ」

「……体は女性なんですか？」

「どうだろうね」新條はいたずらっぽく笑う。「だが心は男と女で揺れている。今朝は女として女医の服装で君を誘惑してやろうと思っていたんだが、今となってはスカートなんて穿《は》いてくるんじゃなかったと後悔《こうかい》してるよ。せめて道筋に見せてやるんだったな」

見てるよ。だからと言ってなにもないが。

　砂川はようやく謎が解けたという表情だ。少し余裕が戻ってきている。

「大変そうですね」

「私にとってはこれが普通だから別に大変とは思わない。だが世の中に理解してもらうのは中々難しくてね。子供の頃はいじめられたこともあったよ」新條は懐かしそうに目を細めた。「誰でもそうかもしれないが、他人と違うことに我慢ができないんだ。他の子の感情を理解できないのも苦痛だった。ある意味男と女が一人ずついるようなものだからね。自分の存在を呪ったこともあったよ。だけどね。同時に知りたいとも思った」

「知りたい？　自分をですか？」

「人の心をだよ。人は自分のことすら理解できていない。朝起きてから夜寝るまでの間の行動を全て論理的に説明できる人なんていないだろう。全て自分が選んでいるのにだ」

　新條がニコリと笑うと砂川悟はハッとしていた。新條は両手を広げた。

「世の中にはたくさんの研究対象があるが、自分の心という最も近くて謎めいたものになぜか人はあまり注目しない。私はそれが気になってね。特に二つの性が同居し、しかもそれが揺らいでいるなんてある意味すごく面白いじゃないか。今では自分以外の気持ちすら気になり、こうしてここまで馳《は》せ参じたというわけさ。なにより」新條は砂川悟を見つめ、色っぽく笑った。「君の心は随分《ずいぶん》面白そうだからね」

砂川悟の表情はやや厳しくなる。一方の新條は楽しそうだ。

「ちなみに道筋には高校時代に告白されてね。その時は男の気分だったんでそのことを説明したら軽いトラウマを植え付けてしまった。かわいそうに」

本当にな。お前のせいであれから俺はしばらく女性不信に陥《おちい》った。どの女を見ても実は男なんじゃないかと勘ぐってしまう。なにより人の恥ずかしい過去をぺらぺらと喋るな。

「他にも私は道筋が顔を覆いたくなるような過去を五つは知っている。これを小出しにしてしばらく強請《ゆす》っていくつもりだ」

おい。聞いてるぞ。

なぜか俺の話になり、砂川悟は眉をひそめた。

「それで？　そんな話を僕に聞かせてどうしたいんですか？」

「ただのコミュニケーションさ」

「そうでしょうか。僕としては他の意図がある気がしましたけど」

「ほう。なにかな？」新條は興味深そうに相づちを打つ。

「自己開示。心理学では自分のことを話すことをそう呼ぶらしいですね。そして自己開示には返報性がある。つまり同じような情報が返ってくるわけです。それが狙いなんじゃないですか?」

図星だったのか新條は目を丸くした。そして面白そうに笑う。

「ハハハ。思っていたより君の知識は幅広いな。その通り。自己開示にはそういった効果がある。そして私は返報性も狙っていた。君が自分から話してくれるならそれ以上のことはないしね。まあそれはおまけみたいなもので、ほとんどはここにいない道筋をからかいたいだけなんだが」

だろうな。お前はそういう奴だよ。

それにしても砂川悟は何者なんだ? なんでそんなことまで知ってる?

思っていたよりレベルの高い会話の応酬《おうしゅう》に俺は圧倒されつつあった。

新條は肩をすくめ、指を鳴らし、目尻に人差し指を当てて鋭く笑った。

「だがね。自己開示の返報性なんてなくても君の気持ちは十分に推理可能だ」

空気が変わった。見ていてもそれが分かる。まるで組み手の稽古《けいこ》のように張り詰めていた。気を抜けば怪我《けが》をさせられる。そんな感覚が見て取れた。

「……………僕の気持ち……ですか……。そんなものを知ってどうするんですか?」

「さあね。厳密に言えば知識なんて価値がない。それでも人は知りたがる。知ることをやめられない。すごく乱暴な言い方をすれば欲望のためかな」

「そんなことのために知る必要もないことを知ろうとするんですね。愚かしい」

「必要かどうかは私が決める。だが愚かしさという面では反論できないな。なにより君はいつかどこかで正当な評価を受けるべき人物だ。その役割を私がさせてもらうだけさ」

「そんな権利はあなたにない」

「誰にもないさ。だからいい。心はいつだって自由で無法だ」

ここに来て初めて砂川悟が感情的になった。だが新條はそれを軽く躱《かわ》す。

「なにより君はもう逃げられない。私とここで会った時点で話を聞くしかないことは分かってるはずだ。そうしないと君がここにいる意味がなくなってしまうんだから」

新條の言葉に砂川悟がたじろいだように見えた。だけど俺にはよく分からない。

砂川悟がここにいる意味？　どういう意味がある？　もしかして誰かを庇《かば》ってるのか？

と言うことは真犯人は別にいるのか？　それなら真犯人は砂川立夏以外考えられ——

「言っときますけど」砂川悟は少し声を大きくした。「姉さんは犯人じゃないですから」

「もちろん分かってるさ。この事件を見て砂川姉が犯人だと考えるのは救いようのない馬鹿かノーベル賞級のウスラトンカチだけだ」

……もうなにも考えたくない。

俺は顔を覆って思考を停止した。指の隙間《すきま》からは新條が足を組み直すのが見えた。

「言うまでもなくこの事件の犯人は君だ。だが犯人という言葉は些《いささ》か語弊《ごへい》がある。なにせ君は難解なパズルに対して最適解を見つけたわけだからね。本当なら抱きしめてキスをしたいくらいだよ」

「結構です。キスも能書きもこれ以上必要ありません」

砂川悟は憮然《ぶぜん》として新條を睨《にら》んだ。これじゃあどちらが子供か分からない。

新條は面白そうに微笑《ほほえ》むと肩をすくめた。

「よろしい。では話そう。あの夜砂川家でなにが起こったかを。あの夜起きようとしていたことはとても単純なはずだった」

いよいよ新條は核心に迫る。俺はそれを固唾《かたず》をのんで見守っていた。

新條と相対する砂川悟の瞳には焦りが見えるもののまだ希望が残っていた。

新條アタルは静かに告げた。

「それは両親による我が子への殺人。そして自殺。つまり、一家心中だ」

●

「もう死ぬしかない」

砂川晋作《しんさく》は自宅の書斎で妻の若菜《わかな》にそう言った。その前兆をかなり前から察していた砂川悟は両親の話をゲームのマイクとヘッドホンで聞いていた。

そして性格的に自分の母親が父親の提案に同意することを知っていた。

そこから二週間。砂川悟は懸命に頭を働かせ、そして実行し続けた。

この状態ではどうすれば最適かを考え続け、そしてあの夜、砂川悟は実行した。

父親は混乱していたが、薄れゆく意識の中で自分の息子がなにをしようとしているのかを本能的に理解し、そして穏やかに逝《い》った。

その後、砂川悟が覚えているのは母親の声だけだ。

「大丈夫。あなたならきっと大丈夫よ。だってお父さんの息子なんだから」

優しい声と温かい肌の感触。そして血のにおい。

砂川悟は自分の心が壊れる音を聞き、そして涙を流した。なぜだか頰《ほお》に温もりを感じた。

○

沈黙が場を支配した。

新條の口から語られた真実に砂川悟は目を見開き、俺は啞然《あぜん》としていた。

一方で新條は相手の心を覗《のぞ》き見るような深淵を持った瞳をしている。

その意味が分かった俺は悪魔じみていると思った。

新條は今、実験をしている。十四歳の殺人犯を目の前にして隠されていた真実を引っ張り出せばどういった表情をするか、動作をするか。その一挙手一投足《いっきょしゅいっとうそく》を見つめている。

俺は人の好奇心に心底恐怖した。この事態を引き起こしたのも俺の好奇心だ。俺がこいつの心を動かした。だがもう俺の意思で止まることはできない。心が行動を生んだ時、それは人の手から離れていく。まるでさざ波が津波を生むように。

新條は狼狽《ろうばい》を隠そうとする砂川悟をじっと観察していた。

砂川悟は目を見開いて目線を落とし、口を閉ざし、体を硬くさせていた。額に汗が滲《にじ》み、喉も渇いているようだ。見ていてかわいそうになる一方で、俺はようやく年相応の反応をする少年を見た気がした。

新條は一通り観察すると満足したのか背もたれにもたれ、興味深そうに口角を上げた。

「では続きを話そうか。今回の事件の発端はさっきも言ったが一家心中だ。砂川父とその妻はあの夜、砂川姉と君を殺そうとした。だが誤算があった。一家心中計画は君に知られていた。その結果逆に殺され、君は捕まったというわけだ」

「……その証拠はあるんですか？」

砂川悟は振り絞《しぼ》るようにそう言った。新條は肩をすくめる。

「おいおい。君は私を探偵かなにかと思ってないか？　勘違いしないでくれ。私は別に君をどうこうしたいわけじゃない。ただどんな心理があの事件を引き起こしたのかを知りたいだけだ。私はいつだって心理学者なんだよ」

新條は誇りを持ってそう言った。だがそれで砂川悟から警戒感が解けることはない。まるで目に見えない鱗《うろこ》で心を覆っていくように見えた。

それを見透かすように新條は続けた。

「まず大事なのは凶器のナイフだ。君は前もって父親から盗んで持っていたと言うが、それは嘘だ」

俺は驚いた。そんなところから嘘が始まっていたなんて予想もしていなかった。

「あのナイフは犯行当日に君の父親が金庫から取り出し、そして君が奪っただけさ。君は前もって本棚《ほんだな》に足跡を付け、金庫のダイヤルに触れておいた。そうすれば君が取り出したと言っても誰もそれを嘘だとは気づけない。なんせ状況証拠はそう物語っているんだからな。だが前もって取り出すことは困難だ。まず君には暗証番号が分からない。ドアの隙間から覗こうとも角度的に父親の手元すら見えないのは確認済みだ。そして君は何らかの手段で書斎の音は聞こえただろうが、見ることはできなかった。カメラを隠して取り付けるスペースはなかったし、なによりそんな物を買えば足が付く。そうなれば計画殺人だと分かってしまうからね。それは君の本当の目的からは遠ざかってしまう」

本当の目的？　なんだそれ？

俺の頭が付いていけない間に新條は続けた。

「あの部屋は書斎兼仕事場だ。コンプライアンスを気にする君の父親は普段から鍵《かぎ》をかけていただろう。そして君は君で計画が知られてはいけない。ここから推察できるのは君が書斎の音を聞いていた方法は極めて原始的で、なにより証拠が残らないということだ。おそらく君の部屋のどこかから聞けたんだろう。加えてナイフの入手は極めて困難だ」

新條は指を鳴らす。

「つまりあのナイフは事件の直前に君の父親が取り出したとしか考えられないんだよ。君は何らかの原始的な方法で書斎の音を聞き、ダイヤルが回るのを聞いた。もちろんそこにナイフが入っているのも事前に知っていた。ダイヤルの音は犯行が始まる合図だ。君は急いで一階の書斎に向かい、ドアの前で父親を待ち受けた。父親は右利《みぎき》きだったからね。ドアを開ける時にナイフを利き手でない左手に持ち替えたはずだ。ドアの正面に立てばまずその左手が見える。君はドアが開くと同時にナイフを持つ左手へと飛びかかり、ナイフを奪って父親を殺した。これが凶器の入手方法だ。誰でもできる。子供でもできる。父親からすれば不意打ちで警戒すらしていないし、なにより緊張していた。そしてナイフを持っていたのは利き手ではない左手だ。奪取は十分可能だよ」

新條の話は道理に合っていた。確かにその方法なら凶器は手に入る。

砂川悟は黙って話を聞いていた。先ほどより随分《ずいぶん》落ち着いて見える。

新條は人差し指を立てた。

「そもそも空手の有段者である父親がナイフを持った息子に一撃で殺されるとは考えづらい。通常は反射的に防御してしまうはずだ。なんせ父親は学生時代からずっと空手をやっていたんだからね。考えるよりも早く手が動くだろう。少なくとも躱そうとするはずだ。だがそれはなく、ナイフは心臓を一刺しした。ここから導き出せる答えは一つ。父親は息子に刺されたのではなく、刺させたんだ」

俺は現場で起こったことを想像し、血の気が引いた。

新條の言っていることが本当ならあれは殺人ではなく、擬似《ぎじ》的な嘱託殺人になる。

「反射が起きるということは緊急事態だからだが、そうでない理性が働く状態では抑制される」新條は続けた。「君と父親の間にどんな会話が交わされたかは知らない。もしかしたら交わされなかったのかもしれない。一家心中をしようとする心理状態だ。逃避の極《きわ》みだ。現実から逃れるためなら喜んで殺されただろう。心のどこかで子供を殺したくないと思っていたのなら尚更だな」

たしかにそもそも自殺しようとしていたなら殺人を受け入れてもおかしくない。むしろもしそうなら砂川晋作にとって息子は天使に見えただろう。

「実際君はあそこにいるはずのない存在だった。なぜなら夕食には睡眠薬が入れられていたからね。君の母親はストレスによる不眠に悩んでいた。知り合いの精神科医が教えてくれたよ。確かに睡眠導入剤を処方したとね。母親はそれを砕《くだ》いて料理に混ぜた。だから君の姉は早々に寝てしまったんだ。だが君は違った。知っていれば回避するのは難しくない。食べるフリをしたり、残してしまえばいい」

そうか。あの錠剤《じょうざい》は睡眠薬だったんだ。料理に混ぜるために砂川若菜が砕いた。その破片が飛び散り、キッチンのどこかに落ちたんだ。キッチンは犯行現場じゃないから鑑識が見落としてもおかしくない。だがダイクはそれを見落とさなかった。

「君の父親は驚いただろう。だからこそナイフを奪われ、体を硬直させたのかもしれない。加えてギリギリの心理状態だ。とにかく君の父親は息子からの贈り物を受け取った。殺人と言う名の贈り物をね」

新條は「さて」と言って一息ついた。

「次は母親だ。一番理解が難しいのはこちらだよ。なぜならここで様々な要素が絡まってしまったからこそ、今回の事件はとても複雑になってしまったんだからね。そうでないならもう少し簡単だった。少なくとも私にお株が回ってくることはなかっただろう」

　たしかに砂川悟には砂川若菜への動機が見つからなかった。そのせいで無意識による殺人も考えられ、結果として重い罪とはなってない。

　新條は苦笑した。

「悲しいことに、君は母親を殺す気なんて微塵《みじん》もなかったんだ。あの夜は父親さえ殺してしまえば終わるはずだった。凶器を持っていたのは父親だったことから首謀者が誰かは明らかだ。そしてそれさえ排除すれば事件は終わるはずだった。だが、そうじゃなかった」

　新條はため息をついた。

「そのせいでこの事件に無意識が関与するようになったんだ」

　俺は驚いた。思わず声を出しそうになる。

　無意識？　この事件は計画殺人だったはずだ。無意識は嘘じゃないのか？

　一家心中。計画殺人。そして無意識。もうなにがなんだか分からなくなってきた。

　砂川悟は顔を上げ、新條の話を聞いていた。ただ黙って話に耳を傾けている。観念というよりはむしろなにかを確認するような表情だった。

　新條は続ける。

「そもそも無意識による殺人という言葉は半分間違っている。正確には大きなショックを受けて犯行の記憶を覚えていない。そしてあまりにも大きなショックで意識と行動を切り離した。この二つが同時並行で起きたというのが近いだろう」

新しい要素が加わり、俺の頭はこんがらがってきた。すると新條は説明した。

「つまりあの夜、君が父親を殺した後に耐えがたいことがあったというわけだ。でなければ記憶を失うほどのショックは受けない」

「……一ついいですか？」

砂川悟がゆっくりと口を開いた。

「どうぞ」

「どうして僕が無意識だったと？　今の話だと計画殺人ということになる。なら無意識ではないんじゃないですか？」

「いや。それだと辻褄《つじつま》が合わない。うちの道筋がこう証言をしている。君はトイレに行き、鏡を見ると何かに気づいて顔を洗い出したと。なぜこんなことをしたのか？　理由は簡単だ。証拠の隠滅《いんめつ》だよ。君はそれを見られると自分の話と矛盾《むじゅん》することに気づいた。だから証拠を消したわけだ。ではその証拠とはなにか？」

新條はどこか色っぽく自分の唇を人差し指で撫《な》でた。

「口紅だよ。死ぬ前に砂川若菜は君にキスをした。お別れのキスだ」

俺はまたしてもハッとした。

そうか。だからあの時同僚は砂川悟が興奮しているように見えたんだ。頬《ほお》が口紅で赤かったから。反対側で砂川悟を見ていた俺が落ち着いていると思ったのはキスをしたのが片方の頬だけだったからか。手を洗ったり、手の甲を隠したりしていたのはおそらくそこで拭ったからだ。どこかのタイミングで手の甲に口紅がついてることに気づき、それを洗うためにトイレに行った。そこで自分の頬にも口紅がついていることを知ったんだ。

砂川悟の表情はショックそのものだった。まさかそんなところまで知られているとはと驚いている。

砂川悟はどこか寂しげに微笑した。

「つまりこういうわけだ。君は父親を殺した後、自首するつもりだった。殺した相手は一人だけだし、事前にトラブルを起こしている。これはもちろん君が意図的に仕掛けたものだ。だがそう計画通りにはいかないのが世の常でもある。夫を殺された妻は君にこう言ったんだ。『自分も殺してくれ』とね」

衝撃的だった。母親が実の息子にそんな頼み事をするなんて通常じゃ考えられない。

「君は戸惑ったはずだ」新條は静かに息を吐いた。「だが母親の父親に対する愛は既に恋愛や愛情を超え、依存にまでなってしまっていたんだ。これは共依存と言ってね。この場合君の母親は夫の存在に依存し、君の父親は妻の献身に依存していたんだろう。夫のいない世界に妻は価値を感じなかった。深すぎる愛というやつさ」

新條は呆《あき》れるように肩をすくめた。

「ここで君は選択を迫られ、そして最も残酷《ざんこく》な道を選んだ。最愛の母親を殺すという選択をね。父親一人だけでもつらかったはずだ。そこに助けられるはずの母親まで殺さなければならないとなれば、もう心は限界を超えてしまう。おそらく君の母親は懇願《こんがん》したんだろう。警察は抵抗の跡だと言ったが、実際のところは違う。君の母親は両肩を持って君に自分を殺すよう頼んだんだ。君はすぐに応じなかったから母親だけが抵抗したとされたんだ。そして君は母親を殺し、その直前に感謝と別れのキスがあった。しかしその時には既に君の意識は防衛本能によって遮断《しゃだん》されていたんだろう。だから自分がキスされたことに気づかなかった。ただ無意識的に手の甲で拭き取ったおかげでバレずにすんだ。おそらく目が覚めた時に違和感を覚えたんだろう」

新條は話し疲れて一度区切るように息を吐いた。

一方で砂川悟は小さく笑っていた。俺は少ししてそれが安堵《あんど》の笑みだと気づいた。

そうだ。新條の話が本当なら砂川悟は意識がない状態で母親を殺している。後から状況を見て想像することはできても、それが本当かを証明することはできない。

だがそれを新條がやってのけた。そのことに対する安堵なんだ。

「もしこれが凶悪な殺人なら被害者がキスなんてしない。このことからも一家心中である可能性は高いと思っていた。そしてようやくこれでこの事件の半分が終わったわけだ」

半分？　これで半分なのか？　俺とすればもう全てを聞いたような気分だ。だって被害者はもう全員殺されたんだから。

その一方で砂川悟の額に汗が滲《にじ》んでいた。まるでここまでならよかったのにと言わんばかりだ。想定していた最悪のケースが目の前にいたように見えた。

新條はこれで終わりだと思われたことに呆れていた。

「おいおい。この事件がこんな単純明快なわけがないだろ？　大体ここまでなら私は君を天才などと呼ばないよ。君が本当の凄《すご》さを見せたのはここからだ」

俺はもう完全について行けてなかった。

砂川悟の思考は俺を遥《はる》かに上回っている。なのにその砂川悟が新條の前では赤子同然だ。

俺は改めて新條アタルという存在が恐ろしくなった。

人の心を知る。その一点に関してはこいつもまた天才なのかもしれない。

「さて。ではこの事件の核心に迫るとしよう」

新條は白衣のポケットからヘアゴムを取り出し、それを手首に着けて後ろ髪を三つ編みにし出した。髪を結び終わるとご機嫌そうにニコリと笑う。

妙な色気になぜか俺はドキリとする。もしかしたら今のあいつは女かもしれないな。

「さあ君は悲しくも両親を殺《あや》めた。事件はこれで終わりか？　もちろんノーだ」

新條は推理小説の探偵みたいにもったいぶってそう言った。実に腹立たしい。

「私は最も大事なことについてまだ話してなかった。それはこの事件の引き金とも言えること。つまり、『砂川夫婦はなぜ一家心中をしようとしたのか？』だ。これはおそらく誰にでも察しが付くだろう。一家心中なんて大それたことをする理由は限られてる。介護疲れなどの精神的な理由か、または借金などの経済的な理由くらいだ。砂川夫婦が会社経営者だったことからも経済的な理由だという線が濃厚だと私は思った。事件が起きたのは緊急事態宣言下だ。多くの企業が大赤字となったように、砂川夫婦の会社も火の車だったのだろう。不景気になると真っ先に削られるのが広告などの宣伝費だ。体力のない中小企業ならひとたまりもなかっただろうね」新條はパチンと指を鳴らした。「だが君の父親は周囲にそれを悟られないようにした。従業員などの給料は減らさず、金融機関からの融資で乗り切ろうとした。だから誰も会社の危機には気づかなかった。妻に経理を任せていたのもカモフラージュに一役買っただろう。従業員は誰も自分の会社が危ないとは思わなかったはずだ。君の父親は誰からも頼られる男だったとみんなが口を揃《そろ》えて言っている。良い人だったとも。実際その通り君の父親は責任感が人一番強かった」

新條は苦笑して、「だからこそ事件は起きたのだけどね」と続けた。

「会社は既にどうしようもない状態だったのだろう。これから景気が回復しても返済は不可能だと分かるほどに。おまけに君の父親は性格上頼られることはあっても頼ることができない人だった。いつも誰かに頼られるリーダー。それはつまり孤独を意味する。そのストレスは計り知れないだろう。真面目《まじめ》な性格なら尚更だ。君の母親は睡眠導入剤を処方されていたが、おそらく父親も使っていた。もしかしたらプライドの高い父親の代わりに母親が貰《もら》っていたのかもしれないな。会社の経営の悪化。そのストレスによる不眠症。いつ収まるか分からないコロナ。そして銀行はいつも不況になると生き残れる会社にだけ融資を選別し出す。莫大《ばくだい》な借金。会社の経営を立て直すことは不可能。破滅はもう目の前にまでやってきている。そして人はストレスに晒《さら》されると闘争か逃走を選ぶものだ。結果的に君の父親は逃走を選んだ。人生からの逃走をね」

新條は肩をすくめた。

「現実からの逃走ならまだよかった。大きな屋敷も贅沢《ぜいたく》な暮らしも生きるためには必要ない。だが現代人は贅沢をしなければ貧しさを感じてしまう。もうただ生きているだけでは気が済まないんだよ。これはある種の強迫観念だ。先進国を蝕《むしば》む病だよ。家と食事があるだけでも生きてはいけるが、惨《みじ》めさからは抜け出せない。スマホがほしい。ブランド品がほしい。家も都会に持ちたい。子供には良い学校へ行かせ、なるべく高い車でお出迎えだ。暇があればお金を注ぎ込む。消費という名の鎖は肉より深く骨まで食い込み、そして遂《つい》には死に至る」

するとと砂川悟は静かに告げた。

「人は自分の困窮《こんきゅう》を我慢できても自分の子供が困窮するのを我慢できない」

「ふむ。フランスの経済学者の言葉だね。全くもってその通りだ。人が生きる上で最も大切なのは未来だ。そこに希望があるかどうかに人生は左右される。君の父親も自分だけなら今の困窮を耐えられただろう。だが耐えて耐えて耐えた先に絶望が待っていると知れば、どれだけ強靱《きょうじん》な心も折れてしまう。その絶望こそが君と君の姉の困窮だ。責任感の強い君の父親はそれがどうしても我慢ならなかった。子供にだけは幸せな人生を歩んでほしかったんだ。しかし今の日本でそれは難しい。学歴と収入は連動している。そして学歴を得るためには中流程度の収入が必須だ。東大生の六割は二割しかいない富裕層の出身のように、安定という土台がなければどれほどの才能があっても花は咲かない」

新條は右手を開いて顔の前に持ち上げ、そして握った。

「どうせ咲かないのなら自らの手で刈り取ってしまおう。それが責任を取るということだ。追い詰められた君の父親はそう考え、実行に移した。だがそれを阻《はば》む者が現れた」

新條は指を鳴らし、そして砂川悟を指さした。

「それが君だ」

新條は嬉しそうだったが、砂川悟の表情は厳しい。互いの視線がぶつかり合う中、新條は続けた。

「方法は分からないが、君は至って簡単なやり方であの書斎を盗み聞きしていた。そして両親が一家心中を企《くわだ》てていることを知ったんだ。元より予兆はあった。君の家にお邪魔したんだが、どこを見てもすこぶる物が少なかった。あれは売りに出して少しでも金を得ようとした結果だろう。君が持っていたゲームも一昔前の物だった。このことから考えても君の父親の会社はかなり前から経営が怪しかったんだろう。そして君はそれを察して物をねだらなかった。一方で優秀な姉はそんなことにも気づかなかったみたいだがね」

新條が呆れて笑うと砂川悟も同じように笑った。

「……姉さんは秀才ですからね。天才とか言われていても結局一人ではなにもできない人なんです。ただすごく頑張れる。そこは尊敬しています」

「だが頑張るためには環境が必要だ。有名大学に入る多くの学生が比較的裕福な家庭の出身なのは統計にもある事実だ。彼らは生まれながらに環境を手に入れている。勉強に打ち込める環境をだ。もちろん努力はしているが、食べる物がないだとか真冬に暖房が使えないなんて困窮を体験したことはない。小さな頃から習い事に通い、好きなことを好きなだけ打ち込める。学費も生活費も気にせずね。言わば造られた秀才達だ。君の姉もそうだった。そしてだからこそ生まれつきの天才である君にとっては心配だった」

新條は腕を抱いて続けた。

「心理学には昔から環境か遺伝かという永遠の課題がある。つまり人の能力はそのどちらかで決まると思われているんだ。遺伝派もいれば環境派もいる。有名なのは優生学を信じてユダヤ人を虐殺したナチスドイツだ。彼らのせいで遺伝派は煮え湯を飲まされることになった。誰もが自分の努力は報われたいと思うので環境派に勝利してもらいたいものだが、正解はどちらも大事だ。十八世紀にフリードリヒ二世が行った実験によると、一切のコミュニケーションを絶って育てられた子供のほとんどが三歳までに死亡している。その一方で何の変哲もない環境で育ち、小学生で難関大学に合格にするギフテッドなる天才達がいるのも現実だ。つまり天才は存在するが、それを育てることができる環境が必要というわけさ。そして君は才能があり、それを活かせる環境にいた。幼少期は両親の会社も順調だったから好きなことをして生活できたはずだ。周りには変わった子だと思われていたかもしれないが、独学で経済学を学び、そして修めている。父親の本棚《ほんだな》にもそういった本が多かったから、おそらくよく出入りしていたんだろう」

俺は砂川晋作の書斎を思い出していた。たしかにあそこには難しそうな本が置いてあった。金庫にしか目が行っていない自分が馬鹿に思えてくる。

「話を戻そう」と新條は笑った。「重要なことは君が両親の一家心中計画を知っていて、かつ秀才な姉を心配していたということだ。このことから導き出されるのは一つ。君は姉を守ろうとした。過去からも未来からもね」

過去と未来？　過去からってのはおそらく一家心中から逃れるためだ。

なら未来はなんだ？　さっきから俺の頭にはずっと疑問符がくっついていた。

「君はあらゆる方法を考えた。そして最適解を導き出した。それは人の心理すら超越した合理性という名の神にしかできないような答えだった。考えられる人間がいたとしてもそれを実行するのは至難の業だ」

新條は心の底から賞賛しているようだった。最初に抱きしめたいとかキスをしたいって言っていたのは嘘じゃないらしい。

「さて。君は一家心中を阻止《そし》するために父親を殺し、自らを夫の元に連れていって欲しいと懇願《こんがん》する母親も無意識的に殺めた。ではそのあとなにが起こったか？　姉が下りて来て君のことを見つけた。同時に君は意識を取り戻したんだろう。呆然《ぼうぜん》とする姉に君は告げたわけだ。この状況でこの一家を救うための方法をね」

そこから先の話を聞き、俺は仰天《ぎょうてん》していた。一方で砂川悟は落ち着いていた。だがその瞳からは当時のことを思い出しているように思えた。

●

「姉さん。よく聞いて」

母親の死体を見て涙を流す姉の立夏に弟の悟は優しく語りかけた。

両親の会社が経営難だということ。そのせいで一家心中をしようとしていたということ。

自分がそれをある意味で阻止し、ある意味で肩代わりしたということ。

姉の立夏は半ばパニック状態だったが、次第に悟の言うことに耳を貸し、落ち着いていった。悟の言葉にはなに一つ嘘が交じっていないと感じたからだ。

「このままだと僕らは破滅する。だから今から言うことをよく聞くんだ。僕は動けない。動けば警察に捕まった時、意識があったと思われるからね。だから全部姉さんがやるんだ」

「でも……」

「やるんだ。やらなきゃ未来は得られない」

怯《おび》える姉に悟は優しく微笑《ほほえ》みかけた。その手を汚しながらも心は失わなかった。

○

「君は優しい少年だ。いや、優しすぎた」新條はそう言った。「当然家族を助けたいと考えた。そしてその実両親を助けている。二人とも死ぬことを望んでいて、君が代わりに殺してあげたんだから」

その言い方に俺は少し抵抗を覚えた。新條にとっては人の死なんてあまり問題じゃないんだろう。大事なのは人の心。だから死体には興味がない。あるのは目の前にいる天才少年の心の内だけだ。

「さあ両親は無事に助けた。おっと、無事ではなかったね。失敬。なら残るは姉だけだ。では姉を助けるにはどうすればいいか？　それはこれから君の姉に起こることを考えればすぐに分かる」

これから姉に起こること？　なんとなくは分かる。大変だってことはだ。だけど具体的になにが起こるかは俺の頭じゃいまいち分からなかった。

「両親が弟に殺された十八歳の少女。成績は優秀だが、その実普通の女の子だ。大学進学を希望してるが、おそらくその夢は果たされない。なぜなら両親には莫大《ばくだい》な借金があり、高額な学費を払うことはできないからだ。この状況をどうすれば覆すことができるだろう？　奨学金？　まあそれも不可能ではない。だが実家から一切の支援もなく東京の大学に進学し、一人暮らしをすることは現実的ではない。結局アルバイトに追われてやる気を削《そ》がれるのがオチだ。君のお姉さんがいくら秀才とはいえ両親という精神的支柱も経済的な支柱も失っては限界がある。そしてなにより君は姉の性格を熟知していた」

新條は両手共人差し指を立て、その内左手だけを握った。

「先ほども言ったが才能を育てるには環境が必要だ。そして君の姉は君ほどではないが優秀だった。そして優しい弟は彼女のために尽くしたのさ。まずは姉に行動を促した。君の計画では一家心中だとバレると非常に苦しいからね。さて。自殺には様々な方法があるが、複数人を手っ取り早く且つ安らかに死なせる方法は限られてくる。さらに君の家に行った時、私はいくら捜してもある物を見つけられなかった。必ずあるはずの物をだ。だがね。その痕跡をソーンが見つけてくれたよ」

ソーン？　あのねこがなにかしたか？　ただ遊んでただけに見えたぞ？

「ソーンというのはうちのねこでね。小さくてふわふわしているんだ。その子が君の家を探索中、手を汚して戻ってきた。可愛《かわい》いあんよを真っ黒にね」

たしかにそうだった。ダイクの持ってきた錠剤《じょうざい》にばかり意識がいって忘れていた。

黒。黒い物……。……そうか！

「あの汚れは練炭《れんたん》によってついた物だ。ソーンは練炭の欠片《かけら》を見つけていたんだよ。そして練炭が自殺に用いられることは周知の事実だ。おかしいと思ってたんだ。君の父親はアウトドアが趣味だった。凶器のナイフもその一端だ。そして家族でよくバーベキューもしていた。なのにあの家にはバーベキュー用のコンロがどこにもなかったんだ。なぜなら君の指示で君の姉が隠したんだからね」

新條はお腹《なか》の前で手を組んで背もたれにもたれた。

そうか。ずっとあった違和感はこれだったんだ。

砂川立夏は真犯人ではなかった。だが殺人の共犯でもない。証拠隠滅《いんめつ》を手助けしたんだ。

「人はナイフを見ても一家心中が行われようとしていたなんて思わないが、練炭があれば勘付く者が出てくる。だから君はどうにかして練炭の入ったバーベキューコンロを人の目から避けたかった。君の父親は君達に疑われないようにするためコンロに自殺用の練炭を隠せばよかったが、君は違う。それを警察から隠さないといけない。しかも一歩も動かずにだ。動けば無意識的な殺人が疑われてしまうからね。実際起こった無意識の殺人だ。矛《む》盾《じゅん》のないこれを利用しない手はない。だから君は姉を動かした。この現場を一家心中ではなく、君による無意識の殺人現場に仕立て上げるために」

　ここまでくれば俺にも理解できた。

「ではどうやってコンロを運び出せばいいか？　家の中に隠しておくのは危険だ。コンロの存在だけで一家心中を連想される恐れがある。なら存在ごと消し去ればいい。だからと言って隠れているはずの姉がコンロを持ち出して敷地の外に持っていけば目撃された時点で終わってしまう。だから君は姉に指示を出して祖父を呼んだんだ。そもそも祖父の行動はおかしかった。当たり前だが車で行けばよかったんだ。鍵《かぎ》が見つからないといってもタクシーを呼べばいい。または自転車でもいい。本当に急いでいるならそうするはずだ。だがそれをしなかった。車で行けば家の外に駐《と》めることになる。そこへコンロを運ぶとなれば隣人に目撃される可能性が出てくるからな。だがガレージ内にあるキャデラックならその心配はない。コンロを家から持ち出し、車に積み込む。その全てを敷地内で完結させられる。もちろんこれを考えたのは君だ。そして姉は君の指示に従い、祖父は姉の指示に従った。コンロを車に積み込んだ姉と祖父は車を走らせ、河川敷に向かう。そして君の指示通り、ある場所に捨てるわけだ。翌日の朝には確実に証拠を隠滅できる場所。つまり落ちている物を拾って売りに出す習性のあるホームレスが住む橋の下にね」

俺は思わずあっと言いそうになった。

あの時。俺が必死に日記を探している時、あいつは全く別の証拠を摑《つか》んでたんだ。

あいつはソーンの汚れた手から練炭の行き先を調べてたんだ。なのに俺ときたら……。

俺が落ち込んでいることも知らず、新條は続けた。

「姉と祖父が練炭を捨てられる場所は限られている。町にはあらゆるところに防犯カメラが仕掛けられているからね。殺人鬼から逃げているはずの車が空き地にコンロを捨てたとなれば一発で嘘だとバレてしまう。だから君はあらかじめ証拠を隠滅できる場所を探していた。放課後に河川敷へ行きだしたのはそのためだ。最初は物を捨てるのに勝手の良い場所を探していたんだろう。そのうちに君はあるホームレスを見つけた。その男は捨てられた物を拾っては金に換える男だった。君はこの習性を利用したんだ。その習性は君によって作り出されたのかもしれない。家から金になりそうな物を持ちだし、橋の下に置いておく。それが消えていれば計画はかなりの確率で成功する。そして実際その通りになった。コンロは仲間内で売られ、中の練炭は本人が食事のために使った。そのホームレスに酒と煙草《たばこ》を買い与えて得た証言からもそのコンロが捨てられたのは町を揺るがす殺人事件があった翌日だと分かっている。もちろん彼はそれが事件を解決するための重要な証拠だとは思わない。完璧《かんぺき》だ。これで警察が一家心中を疑う証拠はなにもない。遺書の一つもあったかもしれないが、もちろんそれは祖父が来るまでに姉が回収して燃やされているはずだ。こうして君の姉と祖父は証拠を隠滅し、警察に駆け込んだ。だがここがまずかった」

苦笑する新條を見て俺は混乱した。

どういう意味だ？　あれからなにかまずい証言でもあったか？

さすがの砂川悟もなにがまずかったのか分かっていないみたいだ。目を見開き、そして眉《まゆ》をひそめた。

「……よろしければなにがまずかったか教えてくれますか？　あなたの話が本当なら僕には知り得ないことなので」

「もちろん。いいかい？　君の祖父は警察署に入っていの一番にこう言った。『息子夫婦が死んでしまったッ！』とね。ここで私は祖父と同伴していた姉を疑いだした。心理学には錯誤行為と呼ばれる現象がある。これはフロイトが見つけたものでね。フロイディアンスリップとも呼ばれている。内容を掻《か》い摘《つ》まんで言えば言い間違いはなぜ起こるのか、だ」

「言い間違い？　それのどこが――」

そこで砂川悟はハッとした。だが俺は話についていけてない。

「そう」と新條は砂川悟を指さした。「この言葉はおかしい。普通なら『息子夫婦は殺されてしまった！』が正しい。死んでしまっただと事故にでも遭《あ》ったみたいだ。または自ら死を選んだようとも言える」

　俺はまたあっと声を上げげそうになった。

「つまり君の祖父は事件の概要を知っていたんだ。自分の息子とその妻は心中したことを。当たり前だ。でなければ一家心中の証拠を隠す協力なんてするはずがない。そしてそのことは無意識的に言葉をねじ曲げた。無意識は殺されたではなく、死んでしまったを選ばせてしまったんだ。フロイト曰《いわ》く、人が言い間違いをする時は無意識下のエネルギーが意識を上回った時に起こるそうだ。君の祖父は一家心中の真実を隠そうと思うあまり、逆に言葉として口から出してしまったんだよ」

　まさかそんな最初から疑いを持っていたなんて……。

　砂川悟は沈黙した。祖父の発言からボロが出るとは思いもよらなかっただろう。

　だが新條は当然だと言わんばかりに後ろ髪を指に巻き付けた。

「その後もよくなかった。君の姉だよ。最初の内は異常事態だということもあり、君に従っていたが、警察で取り調べを受けるうちにプライドを覗《のぞ》かせてしまった。分からないではないがね。自分よりダメだと思い込んでいた弟に動かされたんだからな。だが『あんなことがやれると思ってなかった』は言う必要がなかったな。悔《くや》しそうにそんなことを言えばまるで自分が殺したかったみたいじゃないか。だが現場から見て実際はそうじゃなかった。なら考えられるのは誰かに実力の差を見せつけられたくらいだ。弟に才能の差を見せつけられてしまったから出た言葉だよ。よほど自分を優秀だと思っていたんだろう」

「……実際姉さんは優秀でしたからね。社会的に見れば明らかに僕より上です」

それには俺も同感だ。さっきから新條はやけに砂川悟を評価してるが、俺にはそこまでの人物とは思えない。たしかに頭は切れるかもしれないが、種を明かされればそんなことかとも思ってしまう。複雑なトリックを考えついたわけではなく、単純な仕掛けの連続だ。

しかし一方で新條がトリックなんていうものに興味があるとも思えなかった。

「そこだよ」新條は言った。「だからこそ君はここにいて、君の姉は東京の大学に進学したんだ」

新條はまた訳の分からないことを言い出した。

「君は一分の隙《すき》もない少年だ。だからこそ予《あらかじ》めあんな偽の日記を隠しておいた。うちの道筋は見つけてはしゃいでいたが、あんなものは誰が見てもフェイクだ。つまりは保険だよ。状況から見て君は少しでも証拠を消そうと励《はげ》んでいた。なのにわざわざ暗号までこしらえて新たな証拠を作り出すわけがない。君は九十九パーセント上手《うま》くいくと思っていた。だが残りの一パーセントは保証できない。警察かはたまた記者か、それとも素人《しろうと》探偵がこの事件を怪しむかもしれない。そうなった時のために偽の答えをばらまいておいた。それがあの日記さ。なにかおかしい。そう思っている人間にあたかもこれが真実だという答えを渡してあげれば警戒心も吹き飛ぶ。君の好きな経済学で言うところのナッジだ。君は道筋を肘で突いて作り上げた真実を受け取らせたんだよ。人は選ばされると警戒するが、自分の意思で選んだ物には無警戒だからね。なのに道筋のあの喜びようといったら。それは怪しいぞと言いたかったが、あまりにも可愛《かわい》いんで黙っておいたよ。その方が面白いしね」

新條は楽しげにウインクした。

この野郎……。くそ……。薄々気づいていたが俺はまんまと踊らされてたってわけか。

冷静に考えれば砂川悟の異常性を示す証拠はなにもなかった。小学校の頃に起きた同級生の怪我《けが》に砂川悟が関係しているなんて今となっては分からない。おそらくたまたま近くにいただけだろう。でなきゃもっと大事になってる。

俺があの日記から導くべきことはこれらを前もって用意してた砂川悟の計画性と優秀さだった。あんな仕掛けができるのだからよっぽど知能が高いということを真っ先に考えるべきだったんだ。

なのに俺の中の砂川悟はいつまでも十四歳の少年だった。子供のできるレベルでしか物事を考えられないように思考がロックしていた。いや、されていたのかもしれない。

だが、新條の説明にはまだ明かされていない謎がある。

なぜ姉と祖父は砂川悟に協力したのか？　砂川悟は如何《いか》にして二人を説得したのか？

そしてなによりどうして砂川夫婦は一家心中を途中でやめたのか？

新條は顎《あご》に手を当てた。

「さて。あの日記からも分かるように、君はとても用意周到で且つ未来を見渡す能力を持っている。一家心中の計画を聞いてからそれほど時間はなかったはずなのに保険まで用意できているんだからね。そんな君が両親を殺したあとのことを考えてなかったわけがない」

新條は珍しく嘆息《たんそく》した。柄にもなくこれから言うことを憂いている。同時にあいつの目は活き活きしていた。まるで最高の実験対象でも見つけたみたいだ。

「これまでの話にはある点が欠けている。君はどうやって一家心中の証拠を隠滅《いんめつ》するために姉と祖父を説得したのか？　そして家族を苦しみから救うために心中を企《くわだ》てた両親はなぜ自分達だけ死ぬことを選んだのか？　特に追い詰められてた両親を納得させるのは簡単ではない。だが君はそれをやってのけた。でなければおそらく父親を殺した時点で母親の抵抗にあったはずだからね。抵抗する人間の心臓を一刺しなんて素人ができるわけがない。正面からナイフで心臓を刺す場合は大抵肋骨《ろっこつ》が邪魔をするし、防御創ができる」

防御創は俺が教えたことだった。どうやら少しは役に立ったらしい。

俺は今日初めてホッとした。ホッとしたあとに情けなくなる。

新條はなにもない空間を指さした。

「ここだよ。今回の事件で最も興味深いのはこの点だ。そしてその正体は事件当時の未来、つまり今から逆算すれば自ずと見えてくる。現時点で君と君の姉がどうなっているかが動機の解析に役立つのさ。そう。君はここにいて、君の姉は東京の大学に無事進学している。いや、君の姉は進学どころか留学しようとしている。おかしい。どうしてそんなことができる？　どこにそんな金がある？　君の両親は借金まみれで心中すら試みたのに。答えは簡単だ。君が両親を殺したことで姉が金を得たからだよ」

新條はパチンと指を鳴らした。

「つまりこの事件は一家心中を利用した保険金殺人だったのさ」

衝撃的な暴露だった。

俺は驚き、砂川悟はそれが事実だと言わんばかりに観念していた。だがその一方で新條は今言ったことについてはさして興味もないみたいだ。

「君達が金を得る方法は簡単だ。借金である遺産は放棄し、両親にかけられていた生命保険の保険金だけを貰《もら》えばいい。生命保険は遺産ではなく受取人の財産になるからね。家族を守るために君はこの答えに行き着いた。だが保険金は受取人が殺人に関与していた場合は受け取れない。つまり君は貰うことはできない。貰えるのは姉だけだ。さらに保険金はそれ目的の自殺だと判明した場合には貰うことができない。つまり一家心中の生き残りには払われないということだ。だからこそ殺人事件が必要だったんだよ。君の姉が親の借金に苦しまずに保険金を受け取り、今後の人生を生きていくためにはね。一家の破滅を防ぐには君の両親を君が殺すことが必要だったんだ」

保険金については俺も多少知識はあった。そして保険金殺人自体は定期的に起きている。だが今回の事件もそうだとは思いもよらなかった。

当たり前だ。一体この世のどこに保険金目当てで両親を殺す中学生がいる？

しかもその理由がまた衝撃的だった。一家心中によって起こる苦難から姉を救うためだ。

新條の顔から笑みが消えた。だが瞳の奥には好奇心が輝いていた。

「君は天才だ」新條は本心でそう言っていた。「一家心中を利用した保険金殺人。言われてみればなんてことはないが、だが実行するのにはとんでもない胆力《たんりょく》が必要になる。まず愛する両親を殺さなければならない。おそらく最初の計画では父親だけを殺すつもりだったただろうが、だとしてもなんの恨みもない肉親を手にかけることが常人にできるだろうか？　保険金を受け取る計画を聞いた姉と祖父は協力したが、決して君の代わりになろうとはしなかった。しないのではなく、できないんだ。自分の家族のためになんの躊躇《ためら》いもなく人生を犠牲《ぎせい》にできる人間なんてごくまれだ。そして君は徹底した私情の排除と信仰と言えるまでの合理性で偉業を成し遂《と》げた。この世にはいくつもの宗教があるが、誰もが完《かん》璧《ぺき》に教えを守れていない。自分で決めた目標を達成できる人間すら少数派だ。しかし君は成し遂げた。十四歳という若さでこの偉業を成し遂げたんだ」

新條は砂川悟に顔を近づけた。目を見開き、もう少しで顔と顔が当たりそうなほど。

「なにが君にそれをさせた？　どうやって人の心理を超えられたんだ？　あの夜、君だけ逃げることはできたはずだ。なのにそれをしなかった。なぜだ？　姉への愛か？　それとも両親への責任か？　一体どんな心が君を導いたんだい？」

新條は砂川悟の頰《ほお》に触れた。相手の瞳を覗き込み、心を知ろうとしている。

対照的に砂川悟は大人しかった。新條を相手にせず、ただここではないどこかを見つめていた。

●

砂川悟は姉と祖父に指示を出し、証拠の隠滅と遺書の破棄を完了した。

二人が去った屋敷で砂川悟は静かに微笑していた。

足下では母親が、そして少し先の書斎では父親が骸《むくろ》となっている。

友達もおらず、才能故に変わっていると思われていた砂川悟にとって家族が全てだった。

両親は優しく、そして時に厳しく彼を育てた。姉は心配性であれこれと世話を焼いた。

家族がいれば孤独を感じることはなかった。

ある日、一人きりの帰り道、大学院で習うような本を読みながら砂川悟はふと思った。

自分は幸福なのだと。とても温かな幸せを持っていることを。

そしてそれをもたらしてくれたのは他でもない家族なのだ。

もし家族が苦しんでいるのなら自分が助けなければいけない。無条件の愛こそが家族の証明なのだから。

そしてその思想はあの夜に顕現《けんげん》した。

眩《まぶ》しいライトに照らされ、怯《おび》える警官の姿を見た時、自分の計画が達成されたことを知った砂川悟の胸中にさわやかな風が吹いた。

彼は彼の愛を証明することができたのだ。それがなによりも嬉しかった。

○

新條に触れられた砂川悟は少し間を置き、小さく笑うと呟《つぶや》くように告げた。

「……あなたはエコンという存在をご存じですか？」

「経済学の言葉だね。たしかホモエコノミカスの略だ」新條は宝箱でも開けたように目を見開いた。「……そうか。なるほど」

新條は深く頷《うなず》き、納得していた。満足したのか砂川悟からゆっくりと体を離した。そしてゆったりと椅子《いす》に座ると足を組み、腕を抱いた。

どうやらたったそれだけのやりとりで二人の会話は成立してしまったらしいが俺にはまったく分からない。エコン？　ホモエコノミカス？　なんだ？　なんの話をしてる？

砂川悟から先ほどまであった緊張感はなくなっていた。

「僕はおじいちゃんにつれていってもらっていた図書館でその存在を知った時、とてもすばらしいと思ったんです」

「ホモエコノミカス。日本語では経済人だったかな。自己利益のため経済的な合理主義を徹底する者達だ。現実にいるわけではなく、経済学で用いられる人間像だったはずだね」

砂川悟は頷いた。

「彼らはみんな同じ手を持っています。見えざる手です。自分の利益を追求すれば人は自然と合理化されていく。僕はエコンが理想の存在だと思っています。だって合理性は人を豊かにさせますから。誰もが合理的に動けば最終的には争いや貧困なんてなくなりますよ。誰かと争ったり富める者だけが富める世界なんて全く合理的じゃないですからね」

「そうかもしれない。だが人は心の生き物だ。どれだけそれが合理的だとしても、倫理《りんり》的に受け入れられなければ行動に移せない。この私だって最低限の倫理は携えている」

うそつけ。

新條は自慢げに胸を手で叩くが、砂川悟は呆《あき》れて肩をすくめた。

「倫理はもちろん必要です。ただそれが内包されていれば合理性を追求すべきだと僕は思ったんです」

「そして実行した。なるほど。誰かの言葉を借りれば道理に合う、だな」

「あなたが話した状況は最悪です」

「べつに録音なんてしてないよ」

新條がそう言うと砂川悟は小さくかぶりを振った。それを見て新條は苦笑する。

「僕の置かれたであろう状況。つまり両親は借金を抱えて精神的にも参っていた。父親は昔気質《むかしかたぎ》の責任感を持ち、母親はそんな父親の判断に依存しきっている。一方姉さんは出来が良く、将来を嘱望され、対してその弟は社会的にはなんの価値もない少年です」

「本当に価値があるのはその弟の方だがね」

「それはあなたが勝手に言っているだけです。これらをテーブルに並べてみてくださいよ。誰を動かし、誰を排除し、誰を活かすか。そんなことは少し考えれば分かるはずです。とても簡単なゲームだ。レベルの低い味方を犠牲に大事なエースを活かし、報酬《ほうしゅう》を得て成長させる。誰だってそうしますよ」

「誰もゲームキャラクターの心配なんてしないからね。少しでもキャラが心配ならモンスターと戦わせたりしないし、危ない目に遭《あ》わせないさ。だがこれは現実で、テーブルの上にいるのは心を持ち血が通った人間だ。プレイヤーをゲームの世界に連れて行けばほぼ全員アルミラージに貫かれて死ぬよ。誰も魔王なんて倒せない。なぜか？　怖いからだ。人は自分への危害が現実のものになると正常な思考なんてできないんだ。トラックに轢《ひ》かれる瞬間に『どうせ死ぬなら頭を打った方が意識がなくなって楽だな』とは思えないのさ」

「思えばいい」

「それが君と私達の間に聳《そび》える才能という名の壁さ。人は無意識には抗《あらが》えない。本能は常に恐怖を回避しようとするが、君はそうじゃなかった。圧倒的な理性が無意識を抑え込み、征服した。天才だ。紛《まぎ》れもなくね。正直少し悔《くや》しいよ。なんせ我々心理学者は何百年もの間、人はどうして無意識に抗えないのかを研究してきたんだから」

勝手に落ち込む新條を見て砂川悟は静かに息を吐いた。

「この世界は優しくありません。僕はそれを金に苦心する両親から学びました。景気が良い時は不必要な金まで貸してくれた銀行も不景気になると一気に貸し渋る。僕はあの書斎から必死に電話をかける父さんの声を聞いてました。そしていくら頼んでも誰かが助けてくれることがないことを知ったんです。父さんは人格者でした。誰にでも優しく、尊敬されてた。そんな父さんすらこの世界は見捨てるんです。ならお金も親の庇護《ひご》も失った姉さんを誰が助けてくれるんでしょう」砂川悟はかぶりを振った。「誰も助けない。それが現実です。……なら僕が助けるしかないでしょう」

砂川悟は最初から最後まで優しかった。そしてその優しさと圧倒的な合理性を兼ね備えていた。

俺はようやく新條が砂川悟を絶賛する理由が分かった。少なくとも俺にはできない。それが合っていると分かっていても自分の人生を棒に振ってまで愛する人を殺し、誰かを守るなんて。たとえ考えられても実行できるはずがない。

だが砂川悟はやってのけた。十四歳の少年が誰にもできないことをやり遂《と》げたんだ。

新條は「ブラボー」と言って拍手をした。残念なことに俺も同じ気分だった。

そんな新條を砂川悟は睨《にら》んだ。

「言っておきますが僕はなにも認めません。警察や保険会社に言っても無駄ですよ」

すると新條は大袈裟《おおげさ》に天井を仰《あお》いだ。

「おいおい。だから最初から言ってるだろう？　私は探偵じゃない。物理学者でもない。警察の回し者でもなければ保険会社の取り巻きでもない」新條はニコリと笑って胸に手を当てた。「ただの尊《とうと》い心理学者だ。君の心が知れた。それだけで何にもまして満足なのさ」

新條は白衣のポケットに手を入れ、嬉しそうに立ち上がった。

「さて。君の反応からしてどうやら私の推理は当たっていたらしい。では帰るとしよう。いつかは知らないが塀《へい》の中から出られたらまた会おう。その時は是非《ぜひ》私の研究所を訪ねてくれ」新條は名刺を砂川悟に渡した。「君は一人じゃない。それを忘れないでくれ」

砂川悟はもらった名刺を見つめ、すぐに返した。

「結構です。あなたの実験体にされたくはないので。それに」砂川悟はフーッと息を吐いた。「僕は一人でいい。一人がいい。うんざりしてるんですよ。この世の中に」

「同感だ」新條は名刺を受け取り優しく笑った。「だがそう捨てたものでもないのさ。そういう時は見方を変えてみればいい。そしたらきっと面白いと思えるものが見えてくる。

それが君を生かしてくれるはずさ」

「……そうでしょうか？」

「ああ。たまには君の中にいる無意識に耳を傾けてやってくれ。大抵の問題は自分の心を邪険に扱うことで起こるのさ。では、カウンセリングはこれで終わりだ」

そう言うと新條はカウンセリング室から出て行った。

砂川悟は一人になると窓の奥に広がる青空を見つめた。気持ちが良いほどの晴天だったが、それがどこか寂しくさせる。

砂川悟がなにを考えているか。それは分からない。後悔《こうかい》しているのか、それとも肩の荷が下りて安堵《あんど》しているのか。俺には彼の心が分からなかった。

ただ真実がなんだとしても、彼はしばらく塀の中から出られない。

それだけは確かだった。


俺がどうやって外に出ようか考えていると廊下《ろうか》から声がかかった。

「そこにいるんだろ？　道筋。さあ帰るぞ。タクシー代を節約させてくれ」

どうやら俺が盗み聞きしていたことはバレていたらしい。俺はばつの悪い思いをしながらも部屋から出た。

警備員に怒られながらもなんとか迷った挙げ句、カウンセラーに助けてもらったと言い訳をして建物から出ると駐車場に駐《と》めていたチェイサーに乗り込んだ。

「私がいなかったらどうやって出るつもりだったんだ？」

「……なんとでもなったよ」

「どうだかね」

新條は口に手を当て面白そうにプププと笑う。むかつくが助かったのは事実だ。

俺はちらりと少年院を見た。大切な青春がここで消費されていく虚《むな》しさを覚えながらも同時にこの場所の必要性も頭では分かっている。

正義とはなんだろうと思う反面、俺はそれを守るための職に就《つ》いていて、心と体が違う存在になったみたいだ。

ギアを一速に入れてゆっくりと走り出すとバックミラーに映る少年院はどんどん小さくなっていった。木漏《こも》れ日《び》の中を車は走り、自然豊かな景色が後ろに流れていく。

俺はもう彼と一生会わないだろう。そう思うと少し寂しくなった。

「君はこれからどうするんだ？」

新條は窓の外を眺めながら尋ねた。

「……裁判には一事不再理の原則がある。だから殺人事件については中身がどうあれ再審はできない。だが保険金詐欺《さぎ》となれば別件で逮捕できる」

新條はやれやれと呆れていた。

「そんなことをしてなんになる？　彼は人の心理を利用して金儲《かねもう》けする邪悪なる保険会社に一撃を食らわせてくれた。彼らは不安を煽《あお》って金を払わせる詐欺師だよ。保険なんて入らなくてもその分貯金しておけば有事の際には事足りる」

「お前の好き嫌いはどうだっていい。……俺は刑事なんだ」

「今日は非番なんだろう？　なら今は刑事じゃない。ただの間抜けなゲーマーだ。ならほうっておけばいいさ。まあたとえ君が馬鹿な正義感を働かせても彼からすれば大した問題じゃないだろうがね」

「どういうことだ？」

新條は呆れて嘆息《たんそく》した。

「君はつくづくなにも分かってないな。彼の性格を知っただろう？　未来を予測し、事前に危機を察知する。そして問題を解決するためには自らの犠牲《ぎせい》も厭《いと》わない。その能力にかけては天才的だ。そんな彼が自分の計画が露見した時のことを考えていないわけがない。もちろん手は打っているさ」

「どんな手だよ？」

「砂川祖父さ」

「砂川総一郎？　そう言えば俺達が砂川悟の部屋に行った時に覗《のぞ》いてたな。あれと関係があるのか？」

「もちろん。砂川姉はまだ未成年だ。高額な保険金の管理をするのには問題がある。おそらく保険金の入った口座は祖父が管理しているだろう。そしてその祖父は少年が管理している。少年を探る動きをすれば必ず家の鍵《かぎ》を持っている砂川祖父に行き着くからな。あの屋敷の土地は祖父の持ち物だ。屋敷は抵当に入っていただろうが、事故物件を買いたがる者はいない。おそらく祖父が格安で買い取っている。保険金を使ってね。そしてそこを訪ねる者があれば手紙で異変を伝えているはずだ。君が来るのも少年は知っていただろう」

そう言えば随分《ずいぶん》余裕があったな。予《あらかじ》め知っていたなら納得だ。

「いいかい？　少年が最も警戒するのは誰だ？」

「誰ってそりゃあ警察だろ」

「不正解だ。まったく。君は君の立場でしか物を考えられないんだな。正解は保険の調査員さ。彼らが事件の真相に気づくことを少年は最も怖れていた」

「ああ。そうか。逮捕されること自体は受け入れてたもんな」

「受け入れていたんじゃなくてそれも計画の内さ。どんな調査員も少年院には来られないからな。姉はひっそりと一人暮らしとなれば残るは祖父しかいない。少年は自分を探る者が現れれば必ず祖父と接触を図るのを分かっていた。だからその時にどうすればいいかも伝えておいたんだろう。自分の部屋を探る者がいれば教えてほしいと。そうすればあの日記に気づき、少年は異常者であると判断される。そしたら刑期は延びるが家族は守れる」

「なるほどな……。いや、でも待てよ。砂川悟が自分の計画を知られた時の保険ってあの日記じゃないだろ？」

「逆算して考えればいい。第一の保険はなんのためにあるのか？　時間稼《かせ》ぎだよ。少年には時間が必要だった」

「時間？」

「ああ。勘の良い調査員を足止めするための時間がね。この事件は最初から時間を意識したものだった。君は何度も言ってただろ？　この事件はあっという間に終わったと。十四歳が起こした無意識の殺人事件がそう簡単に終わるわけがない。終わるとすれば犯人側の協力が必要になる。そして少年も証人である姉や祖父も誰もが彼が犯人であることを否定しない。普通三人もいれば違う見方をする者がいるはずだが、全くそれがなかった。つまり誰かが裏で統制しているということだ。そして三人とも同意しているということでもある。あの状況で全員を賛成させるためには犠牲と報酬《ほうしゅう》が必要だ。つまり誰かが世間からの攻撃を一手に引き受け、協力した者達が報酬を得る。では誰が犠牲になっていたか？　無論少年だ。報酬は？　姉の行動から金だと分かる。事件が終わってすぐ得られる金なら遺産か保険金しかない。砂川家は会社の社長なのだから遺産があって然《しか》るべきだが、そうなると一家心中をする理由が見当たらない。祖父の発言から一方的な他殺でないと考えていた私は一家心中と保険金殺人へと思考をシフトしていったのさ」

それが本当なら新條はかなり最初の段階で真実に近づいていたことになる。

なのに俺にはそんなそぶりを見せなかった。むかつくな。

「……それは分かった。でも調査員を足止めさせてどうする気なんだ？」

「どうって、金で金を作るのさ。保険金詐欺がバレればどうなるか。もちろん返金を命令される。そうなった時に備えて投資をして金を増やせばいい。そうして元本より増やせば返金しても手元には金が残る。君は彼がなんのスペシャリストだったかもう忘れたのか？」

「経済学……。そうか……。砂川悟は砂川総一郎を通して投資をしていたのか……。たしかにあの頭脳を使えば」

「大金を稼ぐことは造作もない。出てきた時には莫大《ばくだい》な財産を築いているさ」

「……羨《うらや》ましいな」

未来を見通し、リスクを回避する。たしかにこれほど投資に向いた性格もない。

「もし君が彼を保険金詐欺で捕まえたとしても立件には相当の時間がかかる。その間に資産は増え、裁判所が返金を命令した時には痛くも痒《かゆ》くもないだろう。その金があれば姉は無事に大学を卒業し、犯罪歴のある少年は一生不自由することのない額を手に入れる」

「つまりこの事件はもう詰んでるってことか……」

俺がどう動こうが結果は変わらない。砂川立夏と砂川総一郎を保険金詐欺の共犯で逮捕するためには証拠がいるが、それはもうホームレスが消し去っている。

つくづく天才だ。全部が全部考え抜かれていて恐ろしくさえある。それをまだ中学生の子供がやり遂げたなんて一体誰が信じるだろう。俺だって未だに信じられない。

俺はため息をついた。たしか保険金詐欺の時効は七年だ。それまでにこの真相に辿《たど》り着ける奴はいるんだろうか？

おそらくいない。たとえ辿り着いても砂川悟の自供が必要になるが、彼がそんな馬鹿なことをしないのは明らかだ。その時は姉も独り立ちしているだろう。

気持ちがいい青空の中を飛行機が飛んでいくのを見て、俺は新條に初めて会った時に教えてもらった言葉を思い出していた。

トーテムとタブー。この事件はまさしくそれだ。

家族というとても小さなコミュニティがあり、それを守るためには独自の法が設けられる。

一家心中も殺人も世の中は許さないが、あの小さな家族を守り抜くためには必要だった。

その狭い世界では彼のやったことは正義で、最適だったんだ。

自分の倫理観《りんりかん》とこの世の倫理観の間に隙間《すきま》を感じると、俺はどこか虚《むな》しさを覚えた。

「……なあ、正義ってなんなんだろうな」

「ただの妄想さ」

新條は窓の外を眺めたままそう言い切った。

それは俺の性格上否定したいものだったが、今はそんな気分になれなかった。

本当に大事なものはなんなのか。道理の先にはなにがあるのか。

それを考えるとふと静かに俺を見つめる瞳が思い出された。

あの透き通るような瞳が全てを物語っているようにすら思える。

俺は静かに息を吐き、カーナビをちらりと見た。

わざわざこんなところまで来たんだ。道の駅でお土産《みやげ》でも買って帰るか。

自分の中から生まれてくる名もない感情を冷やすため、俺はゆっくりと車を走らせた。

【参考文献リスト】

『フロイト入門』　妙木浩之（ちくま新書）
『パブロフの犬　実験でたどる心理学の歴史』　著／アダム・ハート＝デイヴィス　訳／山崎正浩（創元社）
『図解雑学　フロイトの精神分析』　鈴木晶（ナツメ社）
『心理学大図鑑　三省堂大図鑑シリーズ』　著／キャサリン・コーリン　訳／小須田健（三省堂）
『図解　心理学用語大全　人物と用語でたどる心の学問』　著／田中正人　監修／齊藤勇（誠文堂新光社）
『予想どおりに不合理　行動経済学が明かす「あなたがそれを選ぶわけ」』　著／ダン・アリエリー　訳／熊谷淳子（早川書房）

※この作品はフィクションです。実在の人物・団体・事件などにはいっさい関係ありません。

集英社オレンジ文庫をお買い上げいただき、ありがとうございます。
ご意見・ご感想をお待ちしております。

● あて先
〒101-8050　東京都千代田区一ツ橋2-5-10
集英社オレンジ文庫編集部 気付
猫田佐文先生

フロイトの想察

―新條アタルの動機解析―

集英社
オレンジ文庫

2022年10月25日　第1刷発行

著　者　猫田佐文
発行者　今井孝昭
発行所　株式会社集英社
〒101-8050東京都千代田区一ツ橋2-5-10
電話【編集部】03-3230-6352
【読者係】03-3230-6080
【販売部】03-3230-6393（書店専用）
印刷所　大日本印刷株式会社

ISBN 978-4-08-680473-8 C0193